KB209840

나는 배달맨
아빠입니다

세상 모든 아빠들을 위한 책

나는 배달맨
아빠입니다

김도현 지음

바이북스
ByBooks

오늘도
수고한 당신,

사랑합니다

세상의 모든 아빠들에게

코로나의 위기로
새로운 인생을 시작하다

장사를 하기 전 유학을 다녀와 어렵게 취직한 대기업을 때려치웠다. 가족을 포함, 주변 사람들은 모두 나를 미쳤다고 했다. 하지만 도저히 조직 생활이 맞지 않았다. 더 이상 버틸 수 없었다. 하지만 퇴사가 끝이 아니었다. 막상 퇴사를 하고 보니 또 다른 고민이 시작되었다. 뭐 해 먹고사나? 무슨 일을 하고 싶나? 하고 싶은 일은 어떻게 찾나? 하고 싶은 일로 먹고 살 수는 있을까? 어떻게 살아야 하나? 내가 원하는 삶은 무엇인가?

몇 날 며칠을 골똘히 고민하면서 내 마음 깊은 곳에 있는 목소리를 들었다.

"너, 장사하고 싶어 했잖아."

내 나이 40대. 겁도 없이 돈도 없이 장사에 도전했다. 어떻게든 열심히 하면 되겠지 했는데, 이마저 뜻대로 되지 않았다. 때로는 하루 매출이 2만 원인 적도 있었고, 직원을 모두 내보내고 혼자 버틴 날도 있었다. 그러다 치열하게 연구하고 노력해서 줄 서는 가게를 만들고, 가게를 3개까지 확장하고, 창업 책까지 한 권 출간하게 되었다. 책을 쓰다 보니 글 쓰는 게 재미있고 적성에 맞아 50대에 다시 작가에 도전했다. 그렇게 원하는 삶을 살며 두 번째 책을 쓰던 중 코로나가 터졌다.

지금은 많은 분이 회복된 것처럼 보이지만, 코로나의 여파는 사실 엄청났다. 하고 싶은 일을 하며 사나 했지만 줄줄이

문 닫는 가게들이 속출했고, 나 역시 예외는 아니었다. 하나씩 하나씩 가게 문을 닫으며 앞으로 가는 길이 막막했다. 인생이 한 편의 영화라면 '위기 편'을 찍은 셈이다. 결국 난 장사를 접었다.

코로나 초기에 월 천만 원 가까이 적자가 났고, 그 후에도 매월 오백만 원 이상 적자가 계속됐다. 김영란법 이후 이어진 경기 불황에 급격한 최저 임금 인상, 주 52시간 근무제, 엎친 데 덮친 격으로 일본식 선술집인데 일본 불매 운동, 이 와중에 연달아 두 개의 경쟁업소 출현, 응급실에서 버티던 자영업자에게 코로나가 마지막 산소 호흡기마저 떼버렸다.

가게가 세 개라 세 배로 힘들었다. 가게 하나 접고, 또 하나 접고, 그 보증금과 코로나 대출금으로 버텼다. 대출금은 이제 다 떨어졌다. 내게도 이런 날이 올 줄이야. 창업 책까지 썼는데…. 대리기사님들이 생각났다. 대부분 나처럼 퇴사와 폐업을 경험한 분들이었다.

하고 싶은 일, 이대로 포기해야 하나? 한동안 책 쓰기를 포기하고, 생계를 위해 배달을 시작했다. 장사하며 배달 투잡을 했다. 건당 3천 원 남짓 받으며 배달을 했다. 예전엔 가족 외식하던 주말에 홀로 배달을 다녔다. 다른 가족 외식하는 가게를 돌며 맛있는 냄새 참아가며 배달을 했다(배고픈데 맛있는 냄새가 코를 찌르면 그냥 하나 집어 먹고 싶다). 장사하고 배달하며, 틈틈이 다시 글을 썼다. 그렇게 시간이 흘러 다시 나는 새로운 인생 앞에 서 있다.

이 세상 모든 아빠들을 위한 책

멀쩡한 대기업을 때려치웠을 때도 장사를 시작하고 접었을 때도 또 다른 일을 찾아 시작하고 달리는 지금도 변함없는 사실 하나. 그건 바로 내가 '아빠'라는 사실이다.

지금 이 시간에도 대한민국 많은 아빠가 직장에서 일하고, 가게에서 장사하며, 배달하고 대리운전하며 열심히 달리고 있다. 무너졌던 삶을 회복하고 다시 목표를 향해 달려간다. 경제는 여전히 힘들고, 기회를 잡는 일은 녹록지 않지만, 아빠는 강하다. 아니, 강해야 한다. 그래서 우리는 다시 허리띠를 채우고 달려간다.

　　이 책은 세상의 모든 아빠를 위한 책이다. 나는 가족을 위해 열심히 달리는 아빠가 진심으로 행복했으면 좋겠다. 달리다 넘어지고, 다시 일어나 달리다 넘어지기를 반복하며 죽지 못해 사는 아빠를 그래도 살게 하고 버티게 한 이유들을, 지금 힘들어하는 사람들과 공유하고 싶다. 아마도 '가족'이 없었다면 나 역시 내려놓고 홀로 훌훌 떠났을지 모른다. 퇴사로 고민할 때도 품 안에 가족사진을 보며 버텼다. 장사하다 힘들 때도 아이들 사진 보며, 몰래 녹음해둔 아이들 웃음소리와 노랫소리 들으며 버텼다. 코로나 위기에도 가족의 생계를 책임져야 한다는 생각으로 버텼다. 가족 때문에, 가족의 생계를 책임져야 한다는 가장의 삶의 무게가 오히려 딴생각 안 하고 묵묵히 버틸 수 있는 힘이 되었다.

'희망'이 없었다면 매달 적자 보며 배달하는 현실을 견디지 못했을 것이다. 퇴사하고 장사할 때도 '장사의 꿈'을 보고 달렸다. 비전을 보고 버텼다. 지금도, 이 글을 쓰는 순간에도 베스트셀러 작가가 되리라는 희망을 놓지 않는다. 코로나로 한창 고전 중일 때 나의 첫 책을 보고 방송 출연 제안이 들어왔다. 그래서 〈브라보, 마이 세컨드 라이프〉라는 프로그램에 출연했다. 그때 담당 피디가 물었다. 회사 다시 가고 싶지 않냐고. 나는 "아니."라고 대답했다. 되돌아갈 수도 없겠지만, 되돌아가고 싶지도 않다. 나는 또 다른 희망을 위해 앞으로 달려가고 있기 때문이다.

인생의 숱한 위기에도 중년의 보통 아빠가 희망을 잃지 않고, 도전하고, 성장하고, 생존하기를 바란다. 지금 나와 같은 고민과 고통을 겪고 있는 직장인, 소상공인 자영업자 그리고 하루하루 버티며 살고 있는 모든 사람에게 이 이야기가 조금이라도 힘이 되었으면 한다.

그동안 혼자 힘들었을 당신에게 이 이야기를 바친다.

PART 1

배달통이 내게 묻는다,
괜찮냐고

힘들다는 말보다
괜찮다는 말이 더 익숙해

PART
3

아빠도 아빠를
사랑했으면 좋겠어

배달통이 내게 묻는다,
괜찮냐고

나는 아빠입니다

봄이 아니어도 비집고 올라와 피어나고
짓밟히고 뭉개져도 다시 살아나 삶을 피우는
힘들다는 말보다 괜찮다는 말이 더 익숙한
아빠라는 이름.

삶이 그대를 버릴지라도

저도 왕년에
직장인이었다니까요!

　퇴사로 고민하던 직장인이 초보 장사꾼이 되어 우여곡절 끝에 가게 3개까지 확장하고 창업 책까지 한 권 출간했다. 출간 후 〈세바시(세상을 바꾸는 시간 15분)〉에서 강연하는 게 꿈이었다. 나의 버킷 리스트, 여한 없이 살기 리스트 중 하나였다. 방청 신청해서 현장 답사까지 했다. 강연 끝나고 어수선할 때 무대에 올라 무대 체크까지 해봤다. 방청석에 있을 땐 몰랐는데, 눈이 엄청 부셨다. 올라와보길 잘했다 싶었다. 출판사 대표도 〈세바시〉 쪽에 내 책도 보내며 출연 섭외에 애썼다. 깜깜 무소식이었다. 〈세바시〉 무대에 서고 싶은 사람이 셀 수 없이 많으니 그럴 만도 했다. 장사하며 두 번째 책을 쓰며 다음 기회를 노렸다. 그러다 코로나를 맞았다. 책 쓰기보다 생계가 먼저였다. 강연은커녕 배달하러 다니게 되었다.

장사하며 배달 투잡을 했다(나는 어쨌든 N잡러다). 나처럼 투잡하는 사장님들이 참 많았다. 어떤 날은 딱 봐도 나 같은 아빠였는데 서로 배달 음식 들고 엘리베이터에 타게 되었다. 좁은 공간에서 뻘쭘하게 둘이 있는데, 거참 어색했다. 점심 때 IT 회사에 배달 간 적도 있었다. 비좁은 점심시간 엘리베이터 안에서 양복에 사원증 매고 웃고 떠드는 젊은 직장인들 사이에 홀로 냄새 풍기며 배달 음식 들고 서 있는 중년의 내 모습이 너무 초라해 보였다. 웃음소리가 마치 나를 비웃는 것 같았다. 그 와중에 엘리베이터는 느려 터졌다. '여보세요? 저도 왕년에 직장인이었다니까요!' 누가 물어봤냐고. 그냥 혼자 속으로 삼켰다.

점심시간에 브런치 카페에 픽업 간 적도 있었다. 손님이 전부 엄마들이었다. 음식이 늦게 나와 멀거니 서 있었다. 시커먼 아저씨가 혼자 멀거니 서 있어 그런지 수다 떨며 경계하듯 힐끗힐끗 쳐다보았다. 그 눈빛이 민망하고 창피했다. (음식은 왜 이렇게 안 나오는 거야!) 예전에 아내와 둘이서 브런치 먹던 시절이 떠올랐다. 픽업 가서 외식하는 가족들을 보면 마음이 이상해지기도 했다.

'불과 얼마 전까지만 해도 나도 저렇게 주말에 가족과 외식을 했는데, 지금 내가 여기서 뭐 하고 있는 거지, 왜 이렇게 됐지, 내 잘못도 아닌데…'

영업제한 전에는 코로나에도 나름 선방하고 있었다.

베스트셀러 작가를
꿈꾸는 배달맨

감자탕집 픽업 갔다가 음료수 빼먹었다고 이모님한테 찰지게 한 소리 들은 적도 있었다. 아, 굉장히 서러웠다. 속으로 그랬다. '나 이래 봬도 아직 사장이야. 그리고 곧 베스트셀러 작가 될 사람이야, 이거 왜 이래!'

희망으로 버텼다. 나의 책이 베스트셀러가 될지도 모른다는 희망. 한 줄기 희망, 실오라기 같은, 아주 아주 가늘어 눈에 잘 보이지도 않는 그런 희망에 기대어 다시 힘낼 수 있었다. 배달 다니며 자존감이 무너질 때면 속으로 '당신은 지금 베스트셀러 작가가 배달해준 음식을 먹고 있는 거야.' 하고 혼자 최면을 걸었다. 희망이 있으면 희망대로 안 되어도 그동안 희망 믿고 견딜 수 있을 테니까. 베스트셀러 되면 코로나 대출금도 갚고, 가족하고 다시 외식도 하고, 그동안 못 갔던 여름휴가도 다시 갈 수 있다는 희망, 그 꿈같은 희망으로 견뎠다.

"야, 너희들 뭐 먹고 싶어? 다 말해 봐. 비싼 거? 상관없어. 아빠가 다 사줄게!"

아빠가 다 사줄게…. 이 말 한번 다시 꼭 해보고 싶다. 그런 날이 올까? 그런 날이 오리라는 희망으로 살고 있다.

인생의 버킷 리스트
〈세바시〉 출연

그렇게 장사하고 배달하던 어느 날, 카톡으로 문자 하나가 왔다. '세바시 무대에서 사장님을 찾습니다'라는 모집 공고를 보는 순간 '올 것이 왔구나.' 하는 생각과 함께 가슴이 쿵쾅쿵쾅 뛰기 시작했다. 하지만 내가 처한 현실은 녹록지 않았다. 지원하려면 5천 자 분량의 글과 동영상 촬영까지 해야 했다. 장사도 해야 하고, 배달도 해야 하는데, 도대체 언제 글을 쓰나?

매달 수백만 원씩 적자 나는 마당에 내가 그럴 때인가 싶기도 하고. 아내 얼굴도 떠올랐다. 맨날 책 쓰고 강연한다고 돈만 쓰고, 돈도 못 버는데, 차라리 그 시간에 돈 버는 일이나 하라고 말하는 얼굴. 그래서 배달한다고 했을 때 굉장히 좋아했었다. 돈 번다고. 주먹밥도 싸주고. 밥값 아끼라고. 주먹밥 두 개로 두 끼를 해결했다. 가끔 아내 몰래 좋아하는 떡볶이도 사 먹었지만. 자장면도. 이런 마당에 또 글 쓰느라 배달 시간 줄어드는 걸 알면 아내가 크게 실망할 텐데….

스스로 물었다. 상황이 이렇다고, 지금 힘들다고, 하고 싶은 걸 포기해야 할 것인가? 몰래 쓰기로 했다. 잘되면 그때 얘기하고. 그렇게 장사하고 배달하며 틈틈이 나의 이야기를 썼다. 그리고 지원했다.

발표 날이 되었다. 일어나자마자 메시지를 확인했다. 선정되면 개별 안내를 해준다고 했는데, 아무런 메시지가 없었다. 떨어졌다고 생각하니 실망스러운 마음이 올라왔다. 마음을 추슬렀다. 다시 조마조마한 마음으로 사이트에 접속했다. 휴, 다행히 발표 전이었다. 아직 떨어진 건 아니었다. 다시 희망이 생겼다.

〈세바시〉 지원하려고 글을 쓰다 보니 자연스럽게 다시 책에 실을 글을 쓰게 되었다. 배달 전에 글을 쓰러 도서관에 가려는데, 차가 퍼졌다. 배달하느라 무리했나 보다. 하필 돈 없는 요즘 차가 자주 고장 났다. 수리비 생각하니 머리가 지끈거렸다. 아주 그냥 때맞춰 코로나 4단계 연장 발표가 났다. 호흡을 가다듬고, 생각 바라보기를 했다. 떠오르는 생각과 감정을 제삼자 입장에서 무심히 바라보는 거다. 그러면 아무리 격한 감정도 서서히 희미하게 사라진다.

차를 서비스 센터에 맡기고, 기다리다 기다리다 개별 연락이 없어서 오후에 다시 한번 발표를 체크했다. 다행히 아직 발표 전이었다. 지하철을 타려는데, 영화관이 보였다. 오늘은 차가 없어 배달도 못 하고, 글 쓸 기분도 아니니 영화나 한 편 보며 머리나 식히자고 영화를 예매했다. 영화 시작 전 마지막으로 한 번 더 확인하자고 사이트에 접속했다. 발표 상태에 '선정'이라고 쓰여 있었다. '오, 마이 갓!' 오른 주먹을 불끈 쥐고, 허리춤으로 당기며 외쳤다. "됐어!" 버킷 리스트 하나를 지웠다.

코로나 '때문에'가 아니라 '덕분에'

인생은 참 아이러니다. 인생 잘 풀릴 땐 그렇게 오지 않던 기회가 인생 최대 위기에 찾아오니 말이다. 코로나로 배달하지 않았다면 기회는 없었다. 배달하는 바람에 모집 공고 문자를 받을 수 있었다. '코로나 때문에'가 '코로나 덕분에'가 되었다. 먹고사는 일에 지쳐 글쓰기를 포기했다면 기회는 없었다. 생계가 먼저지만 하고 싶은 일을 미뤄둘망정 포기하지 않았기에 기회가 왔다.

김밥집 픽업을 갔는데 음식이 안 나와 화장실에 들렀다. 배달 일을 하려면 화장실이 있는 가게 픽업 갔을 때 남는 시간이 생기면 바로바로 볼 일을 해결해야 한다. 안 그러면 급할 때 당황스럽다. 손님 집에 배달 가서 급하다고 "저…, 화장실 한 번만 쓸 수 없을까요?"라고 할 수는 없지 않은가. 볼일을 보는데 변기 위에 이런 글귀가 쓰여 있었다. '힘든 오늘 하루, 지나고 나면 좋은 추억입니다.' 그 밑에 출처가 쓰여 있었다. K 안마시술소. 와우, 안 그래도 오늘 똥배(똥 배달의 약자다)가 많이 처져 있었는데, 때마침 이 글이 위로가 되었다. 그렇다. 다 지나고 나면 좋은 추억이다.

힘들어도 지나간다. 어떻게든 살아서 이 어려움을 이겨내고 나면 다시 가족과 행복하게 살 수 있다는 희망. 그 희망 하나 붙들고 다시 힘내자. 위기에도 기회는 온다. 내게도 그랬던 것처럼.

삶이 그대를 버릴지라도 스스로 희망을 버리진 말자.

삶이 그대를 버릴지라도 스스로 희망을 버리진 말자.

이래서 죽는구나

그래도 살아야 했다

"제발 살려달라, 제가 빌게요. 내가 죽으면 저 아홉 살짜리 아이는 어떻게 사냐고요!"

등교일이 아니라 따라온 아이는 계단에 걸터앉아 목소리를 높여가는 허 대표를 지켜보다가 그의 감정이 격해지자 가만히 뒤로 다가와 엄마의 등을 토닥였다. 아이는 한참 동안 엄마를 꼭 끌어안고 있었다.

소상공인과 자영업자들의 코로나19 영업손실 보상책을 요구하며 삭발에 동참한 카페대표연합회 허 대표에 관한 기사 내용 일부다. 또한 기사에서 허 대표는 '집합금지·제한업소는 이미 문 닫은 상태이고, 사람들이 대출을 받아도 안 되니까 제2금융권 갔다가 이자 못 내서 사채 쓰고, 또 사채에 사채를 쓰다가 바닥에 처박혀 있다.'라면서 '한강에 빠져 죽고, 전기세 13만 원 석 달치를 못 내서 전기가 끊기고, 가게 비워 놓고 도망간 사람도 있다.'라고 안타까워했다. 이 엄마는 이 아이 때문에 죽지도 못한다. 이 아이가 커서 이때를 돌이켜보면 어떤 심정이 들까? 엄마가 죽을지도 모른다는 공포가 트라우마가 되진 않았을까?

이런 기사도 있었다.

한 건물에서 극단 선택을 하려던 50대 남성 A씨를 경찰이 총출동해 구조했다.

남편이 이상한 문자를 보내고 핸드폰을 껐다는 아내의 다급한 신고를 받고 출동한 경찰이 A씨가 운영하는 가게 근처에서 수면제를 먹고 쓰러져 있던 A씨를 구조했다는 내용이다. 코로나로 사업에 어려움을 겪고 있던 것으로 밝혀졌다. 살아 있어서 다행이다. 이 기사를 보면서 사람이 '이래서 죽는구나!' 싶었다. 그 심정을 너무 잘 알 것 같았다. 나도 혼자였으면 다 내팽개치고 도망갔을지 모른다. 아직 아이들도 어린데…. 그럴 수는 없었다. 살아야 했다.

배달까지 해도 고생한 만큼
돈이 되지 않는다

얼마 전 소상공인 자영업자가 어렵다는 기사에 이런 식의 댓글이 달린 걸 봤다.

코로나에도 잘되는 가게 많다. 우리 동네 가게는 손님 많다. 그만큼 지원해줬으면 됐지, 뭐가 또 불만이냐. 남 탓 말고, 그 시간에 노력 좀 해라.

맞다. 틀린 말은 아니다. 공부 열심히 하면 공부 잘할 수 있다. 수업 시간에 충실하고 예습, 복습 잘하면 된다. 현실은 알면서도 잘 안 된다. 한다고 해도, 잘 안 될 때도 많다. 자영업도 마찬가지다. 같은 자영업자라도 능력에 따라, 처한 상황에 따라 코로나로 받는 타격이 다 다르다. 하나만 보고, 일률적으로 말할 수 없는 이유다. 장사는 상권에 따라 다 다르다. 번화가 상권, 오피스 상권, 주거 상권, 대학가 상권이 다르다. 고객층에 따라서도 다르다. 젊은 층이 타깃인 가게와 그렇지 않은 가게가 다르다. 아이템에 따라 또 다르다. 치킨이나 족발처럼 배달 적합 아이템인지 식으면 맛이 뚝 떨어지는 홀에 유리한 아이템인지에 따라 코로나 대처 방법이 다르다. 그러니 수도권과 비수도권이 다르고, 밥집과 술집이 다르다. 2차 술집은 낮 2시에 오픈해도 손님은 대개 밤 7시 넘어 들어오니 영업제한 지역은 밤 10시까지 두세 시간 영업하면 끝이다. 그래도 손님이 많아 보일 수는 있다.

내 가게도 2차 술집이다. 코로나에도 가게가 꽉 차는 날이 적지 않았다. 어느 날 손님으로 가득 찬 가게에 배달기사님이 음식 픽업을 왔다. 우리 가게 단골이라고 했다. 반가워 나도 배달한다고 했더니 깜짝 놀라며 이렇게 말했다. "가게가 잘돼서 사장님이 배달까지 할 줄은 정말 몰랐어요!" 그렇다. 적자가 나도 밖에서는 잘되어 보일 수 있다. 손님들은 주로 같은 시간에 몰리기 때문에 가게가 꽉 찬 모습만 본다. 8시 전 한 팀도 없었고, 10시 이후 한 팀도 못 받으니 이게 다라는 걸 알리 없었다. 코로나에도 장사 잘된다고 생각한 것이다. 하지만 꽉 차 보여도 적자다. 한 바퀴로는 어림도 없다. 사실, 나의 경우 영업 제한 전에는 코로나에도 매출이 3.4%밖에 안 떨어졌다. 영업시간 제한이 없으니 1회전 이상 할 수 있었기 때문이다. 정말 손님들 생각대로 잘됐다. 하지만 영업 제한이 길어지며 매출이 70%까지 떨어졌다. 결국, 손실 보상을 목메어 기다리다 영업제한을 버티지 못하고 또 폐업했다.

떨어진 적자 메꾸려고 샵인샵도 해봤다. 어차피 가게가 점심에는 놀고 있으니 아내와 둘이서 점심 배달도 시작했다. 전날 늦게까지 일하고, 아침부터 일하느라 피곤했지만 그런 거 따질 때가 아니었다. 코로나로 아내까지 고생시키는데, 고생하는 만큼 돈이 되진 않았다. 뛰어들고 보니 배달 시장도 전쟁이었다. 배달만 한다고 다 돈 버는 건 아니었다. 남는 게 없는데도 배달로 돈 버는 사장님들, 그냥 버는 게 아니었다.

죽지 못해 사는
자영업자의 현실

개인의 노력으론 한계가 있었다. 장사만 할 수 있다면 보상금 안 받아도 된다. 사실, 지원금이 고맙긴 하지만 적자에 비하면…. 코로나가 먼저니 협조하는 건 당연하다. 그러면 합당한 보상도 당연한 거다. 굳이 외국의 사례를 들지 않더라도. 일본인 아내 말에 의하면 일본은 아예 영업을 못 한단다. 그래도 보상금은 한국보다 '0'이 하나 더 많다고 한다. 캐나다도 록다운에도 자영업자들 큰 걱정이 없다고 한다. 그만큼 보상해주기 때문이라는 기사를 보았다. 규제는 더 심해도 그만큼 보상해주는 다른 나라 사례는 많다. "그건 그 나라 사정이고, 자영업자가 많은 우리나라는 다르지."라고 말할 수도 있겠다. 맞다. 그러면 우리나라 실정에 맞게 합리적으로 보상해주면 된다. K 방역이 소상공인 방역이 되지 않으려면. 소상공인 한강 다리로 내몰지 않으려면. 그러면 그 딸린 가족은 어쩔 것인가?

때론 폐업도 전략이다. 가게 하나 빨리 정리하고 적자를 줄였다. 코로나 처음 터졌을 땐 가게 3개 모두 끌어안고 끙끙 앓았다. 코로나 와중에 제일 잘한 건 타격이 제일 큰 가게 하나 빨리 정리한 거다. 코로나 금방 끝나겠지, 하고 계속 움켜쥐고 있었다면 지금 타격이 더 컸을 거다. 폐업하고 나니 오히려 홀가분했다. 무거운 짐 하나 내려놓은 것 같았다. 무작정 버티는 것보다 폐업이 나을 수도 있다. 그러나, 현실은 대부분 가게가 하나라 이마저도 쉽지 않다. 폐업하면 나가서 먹고살 방법이 없기 때문이다. 있다 해도 대출금이 묶여 있어 이러지도 저러지도 못한다. 폐업도 마음대로 못 한다. 그래서 대다수 자영업자가 적자에도 눈물을 삼키며, 버티고 있는 거다. 죽지 못해 사는 거다.

같은 자영업자의 글에서
위로를 받다

밤 10시, 예전 같으면 한창 시간에 매출 22,000원, 딱 한 팀 받고 마감하고 집에 가려는데, 근처 가게 사장님이 불 끄고 혼자 술 마시는 모습이 주류 냉장고 불빛에 어슴푸레 비쳐 보였다. 당장 같이 한잔하고 싶었다. 저 모습이 내 모습이니까. 나만 힘든 게 아니구나, 더 힘든 사람도 있겠구나, 싶었다. 그래서 한번 검색해봤다. 그랬더니 세상에…. '자영업자입니다. 자꾸 자살 충동이 드네요'라는 제목으로 글이 올라와 있었다.

술집을 운영하고 있는 자영업자입니다. 오늘부터 3주 동안 영업금지네요. 가게 임대료도 못 내는 상황인데, 이제는 정말, 정말 한계네요. 고아인 저한테 와준 아내한테 너무 미안해요. 이제 3살 되는 이쁜 우리 공주님, 미안해! 자꾸 나쁜 마음이 드네요. 차라리 나 하나 없어지고, 생명 보험금이라도 가족한테 갔으면 좋겠네요. 물론 이기적이라는 거 압니다. 당연히 코로나 때문에 모두가 힘들죠. 당연히 거리두기 해야죠. 근데, 너무 힘드네요….

저도 초등학생 딸을 혼자 키우는 자영업자입니다. 빚은 빚대로 생기고, 폐업도 할 수도 없고, 매일 혼자 남을 딸이 불쌍해 같이 죽을까 하는 극단적인 생각에 밤을 지새웁니다. 살고는 싶은데, 희망이 없어 매일 울면서 버티고 있습니다….

댓글들이 줄줄이 달렸다. 들리시는가? 높으신 분들….

나도 장사하다 어쩌지 못할 때면 자영업 카페에 글을 올렸다. 가족도 잘 모르니 같은 처지인 사람들에게 하소연했다. 힘내라는 응원 글이 막 달렸다. 정말 위로가 됐다. 역시, 동병상

련이었다. 우리 아이들에게도 그랬다. 살다가 힘든 일이 생기면 같은 처지인 사람들을 찾아서 위로받고, 도움 주라고.

소상공인 자영업자들 많이 힘들다. 나도 그랬다. 그런데 다 생각하기 나름 아닌가. 그냥 영화 한 편 찍는다 생각하면 어떨까? 울고불고해도 영화 끝나고 나면 아무 일도 없었던 거 아닌가. 이왕 찍는 거면 지금은 위기 편을 찍고 있지만 다음 신은 해피엔딩이라 생각하고. 우리가 우리 인생의 주인공이자 감독인데, 우리가 해피엔딩으로 끝내면 되지 않는가.

괜찮다. 지금 살아 있으면 그것으로 된 거다. 지금 살아 있다는 건 어쨌든 지금까지 잘 견뎌왔다는 뜻이니까. 살아만 있으면 어떡하든 살아지니까. 지금까지 견뎌온 게 억울해서라도 잘 살아야 하지 않나.

그러니 '이래서 죽는구나' 싶어도 꼭! 살아만 있어라, 제발….

괜찮다. 지금 살아 있으면 그것으로 된 거다.
지금 살아 있다는 건 어쨌든 지금까지 잘 견뎌왔다는 뜻이니까.

너무 늦기 전에

미안하다
고맙다
사랑한다

아빠가

배달맨 아빠의 세상

내가 당해보니 알게 된 사실

코로나 창궐 시절, 멕시코에서 참치를 사주러 친구가 온 적이 있었다. 당시에는 돈을 아끼려고 맨날 집에서 혼술만 한 지 오래라, 오랜만에 친구들과 한잔할 생각을 하니 설레기까 지 했다. 친구는 내가 참치 배달을 하다 손님 음식에 입맛 다 시는 걸 봤단다. '쟤 저러다 진짜 손님 참치 먹겠구나.' 싶은 마음에 참치를 사준다는 것이었다. 멕시코에서 내 유튜브를 본 모양이다.

그렇게 오랜만에 밖에서 친구들과 좋은 시간을 보내고 집 에 가던 중에 지하철이 끊겼다. 어쩔 수 없이 택시를 타기로 했다. 그런데 택시 기사님이 딱 봐도 초짜였다. 전직 택시 기사의 촉이었다. 내릴 때 잔돈은 됐다고 하니 "아이쿠, 감사합니다." 하며 좋아하셨다. 나도 초보일 땐 그랬다. 동전 몇 푼인데도 그렇게 고마울 수 없었다.

IMF 시절, 택시 운전을 한 적이 있었다. 그때 파트너는 IMF로 사업하다 망한 중년 가장이었고, 나는 갓 서른에 결혼 전이었다. 파트너는 일을 잘했다. 교대할 때 보면 같은 초보인데도 나보다 훨씬 많이 했다. 나는 겨우 사납금 하기 벅찼는데 그는 사납금 말고도 꽤 큰돈을 가져갔다. 그땐 그저 '역시 사업하던 분이라 다르긴 다른가 보다' 했다. 그런데 코로나로 그 파트너 처지가 되고, 또 그 나이가 되어 보니 그게 다가 아니라는 걸 알 수 있었다.

'가족 때문이었구나. 어떡하든 가족의 생계를 책임져야 한다는 그 절박함이 그를 한 푼이라도 더 벌게 만들었구나.'

서른의 나는 딸린 가족이 없었으니 그의 어깨에 얹혀있었을 무게를 짐작조차 할 수 없었다. 이 한 몸만 잘 간수하면 됐으니 말이다. 뉴스에서 IMF 때문에 사람들이 힘들다, 힘들다 하니까 그냥 그런 줄만 알았지 그 심정까지 헤아릴 수는 없었다. 수십 년이 지난 지금 오히려 그 심정이 올곧이 전해졌다.

그래서일까? 요즘 자꾸 그 파트너가 생각난다. 지금은 잘 사시나? 내색은 안 했어도 그때 얼마나 힘들었을까?

"오늘 얼마 찍었어? 오늘은 아다리(택시업계 은어다)가 안 맞아서 허탕 쳤어."

그 당시 서로 주고받은 말이라곤 이런 말이 전부였으니… 나로선 그 속을 알기엔 무리였다. 하지만 지금은 말 안 해도 그 말 뒤에 숨어있을 말들을 알 것 같다. 그래, 맞다. 내가 당해보니 알겠다.

똑같이 겪은 폐업의 고통

당해보니 알겠는 일이라면 또 있다. 폐업도 당해보고 알게 되었다. 내놓은 가게를 협상할 때의 일이다. 권리금도 못 받아 속상한데 물건까지 그냥 다 주고 가면 안 되냐고 물어오는 상대의 야박함이란…. 순간 얼마나 서러움이 북받쳐 올랐는지 모른다. 폐업하는 건 서럽고, 권리금 못 받아 억울하고, 그나마 남은 물건 중고로라도 팔아 몇 푼 건져야겠다 싶었는데 그것마저 그냥 달라고 하다니. 정말이지 '네가 사람 새끼냐?'라는 소리가 목구멍까지 올라왔더랬다. 그런데 돌아보니 아뿔사 나도 그랬었다. 처음 장사를 시작할 때, 내놓은 가게들을 보러 다니며 똑같은 말을 했었다.

"사장님, 저거 새것 같은데. 어차피 안 쓰실 거면 저 주고 가시면 안 돼요?"

지금 생각해보니 한 대 안 맞은 게 다행이다. 세상 일은 돌고 돌아 나에게로 온다. 난생 처음 폐업을 하게 되면서야 다른 폐업하는 사장님들 고통을 알게 되었다. 폐업을 안 해봤으면 아마 평생 몰랐을지도 모를 일이다. (코로나에 감사해야 하나?)

역시 아픈 만큼 보인다

배운 일이라면 또 있다. 배달을 다니며, 나는 내가 모르던 사람들에 대해 배웠다. 다름 아닌 그곳에 있었음에도 있는 줄 몰랐던 사람들에 대해… 부모님 댁 아파트에 얹혀살며 회사를 다닐 때는 아파트 경비원의 얼굴도 몰랐다. 심지어 경비실에 사람이 있는지도 몰랐다. 무슨 일을 하는지 관심도 없었다. 그냥 무심히 지나쳐 다녔다.

배달을 하다 보니 경비 아저씨를 자주 만나게 되었다. 배달을 다니려면 경비 아저씨 허락 없이는 못 들어가기 때문이다. '여기는 입주민 전용이니 방문객은 저쪽으로 돌아 들어가라' 하면 그래야 했다. 경비 아저씨가 그렇게 할 일이 많다는 것을 그때야 알았다. 좁은 공간에 온종일 갇힌 채 일일이 방문객을 체크하고, 주민 컴플레인 해결하고, 쓰레기장까지 관리하는 등 정말 고생 많았다. 내 눈에는 그제야 비로소 '경비 아저씨'가 아닌 '사람'이 보였던 것이다. 누군가의 아빠이자 어느 집안의 가장이….

경비 아저씨만큼 자주 마주친 사람은 택배 기사님들이었다. 예전엔 운전하다 도로에 불법 정차한 차를 보면 욕부터 나왔다. 내가 불편했기 때문이다. 그런데 해보니 알겠다. 시간이 돈인데 언제 주차장에 주차하고 배달하나? 도로에 임시주차를 할 수밖에 없는 그 마음을 알게 된 것이다. 이제는 택배 차량처럼 업무용 차량이 임시 주차를 하고 있으면 욕을 할 수가 없다. 그 심정을 누구보다 잘 알게 되었기 때문이다.

오토바이 배달 기사도 마찬가지다. 신호를 무시하고 다니는 그들을 볼 때면 자연스럽게 욕이 튀어나왔다. 하지만 지금은 안 한다. 베테랑이 아닌 이상, 지킬 거 다 지켜가며 배달했다가는 생계비도 벌지 못한다는 것을 알기 때문이다(그들이 목숨 걸고 신호 위반도 불사하는 데에는 이유가 있다). 물론 불법 정차나 신호 위반을 옹호한다는 건 아니다. 어디까지나 그 심정을 이해한다는 것이다. 그들 자신을 위해서라도 지킬 것은 지켜야 한다. 위반까지 하며 몇 푼 더 벌려다 딱지를 떼게 되면 그날 하루종일 힘들게 번 돈은 다 날아간다. 심지어 그러다 사고라도 나면? 그놈의 생계 때문에 무리한다는 건 알지만 그 생계와 가족을 위해서라도 지킬 건 지켜야 한다.

주말에는 배달을 하며 고생하는 사람들을 만났다. 그렇게 그전에는 몰랐던, '내가 놀던 주말에도 이렇게 많은 사람이 열심히 살아가고 있었구나' 하는 것을 깨달았다. 그리고 또 한편으로는 '사람은 무슨 일이 닥쳐도 다 살게 되어 있구나' 하는 것도…. 경비에게는 경비의 세상이 있고, 택배에게는 택배의 세상이 있고, 배달에게는 배달의 세상이 있었다.

그랬다. 어느 세상에 있든, 나는 혼자가 아니었다. 어느 세상에 살든 그 세상엔 또 나와 같은 처지의 사람들이 있었던 것이다. 혼자가 아니라는 것만으로도 도움이, 큰 위로가 되었다. 그래서일까? 이전에는 우러나지 않던, 서로 돕고 싶은 마음이 생겼다. 그래서 어려운 사람이 어려운 사람을 돕는 모양이다. 아파 본 사람이, 아픔을 아니까.

　이렇듯 나는 배달을 하며 지금까지 만나 보지 못한 다른 세상을 만났다. 뭐랄까, 전보다 세상을 보다 입체적으로 볼 수 있게 되었다고 할까? 일단 주말에도 배달을 하며, 당연하던 것들이 당연한 것이 아니란 사실을 알게 되었다. 지금의 나는 당연하던 가족 외식 대신 다른 가족이 외식하는 식당에 음식을 픽업하러 가고, 당연하던 쇼핑 대신 쇼핑몰 안 음식점에 배달 음식을 픽업하러 간다. 그리고 당연하던 가족 여행 대신 나홀로 배달 여행을 다닌다. 내가 알던 당연한 일들은 당연한 일이 아니었다. 그 모든 일이 감사한 일이었다.

　역시, 아픈 만큼 보이는 거다.

내가 알던 당연한 일들은 당연한 일이 아니었다.
그 모든 일이 감사한 일이었다. 역시 아픈 만큼 보이는 거다.

아내에게 큰소리 좀 치게

오늘은 손님이 아니예요

이 무슨 운명의 장난이란 말인가? 배달로 생계비 좀 보태 보자고 굳게 마음먹고 첫 풀타임 배달에 도전했는데…. 첫 픽업 장소가 하필이면 내가 글을 쓰던 카페였다. 그 수많은 가게 중 첫 배달을 여기서 시작하게 될 줄이야…. 커피를 픽업하러 갔더니 알바생이 인사를 했다.

"어서 오세요! 어? 안녕하세요~! 따뜻한 아메리카노 텀블러에 드릴까요?"

알바생이 너무 자연스럽게 시키지도 않은 주문을 받았다. 난 그만큼 단골이었기 때문이다. 나도 모르게 쭈뼛거리는 나를 발견했다. 그리고 이내, 나는 일부러 더 당당하게 큰 소리로 말했다.

"아니요! 오늘은 손님이 아니라 배달 픽업하러 왔는데요!"

알바생이 겸연쩍게 웃었다. 나도 어색하게 따라 웃었다.

재미, 정보, 공감, 감동, 위로
하나만 걸려라

코로나로 도서관 문을 닫았을 때, 매일 아침 이 카페에 와서 글을 썼었다. 글을 쓰려면 나만의 루틴이 필요했기에 같은 카페에서 같은 시간에 글을 썼다. 사람이 같은 짓을 반복하면 몸에 밴다. 그렇게 몸에 배면 몸이 알아서 반응한다. 알아서 노트북을 열고, 커피 한 모금을 마시고, 알아서 글 쓸 준비를 한다.

나는 글을 쓸 때면 늘 '재정공감위'를 염두에 둔다. '재정공감위'란 '재미' '정보' '공감' '감동' '위로'의 약자다. 내가 쓰는 것이 어떤 것이든 이 다섯 가지 중 한 가지는 꼭 있는지 체크한다. 내 글은 나 혼자 볼 게 아니기 때문이다. 그러니 재미가 있든지, 정보라도 주든지, 아니면 공감할 수 있든지, 그것도 아니라면 감동적이든지, 최소한 위로라도 주는지를 확인한다. 물론 글의 목적에 따라 강조하는 건 달라진다. 정보 전달이 목적인 글인데 웃긴 얘기가 있으니 합격이라고 할 순 없지 않나? 그래서 안테나를 쫑긋 세우고 자료를 수집한다. 언제 어디서 무얼 하든 오감을 깨워 글감을 사냥하고자 한다. '하나 걸려들기만 해라.' 하는 심정으로. 나는 그렇게 건진 글감으로 글을 쓴다. 뭐, 늘 뜻대로 되는 건 아니지만….

　이런 나와 달리 아내에게 글쓰기란, 돈을 벌지 못하는 한 '쓸데없는 짓'이다. 그러나 나에게 글쓰기란 마음 쓰기다. 그래, 글쓰기란 마음을 쓰는 일이다. 그 마음 쓰기가 가정의 평화를 위해 돈이 되면 좋겠다. 아내에게 큰소리 좀 치게….

　쓰고 싶은 글, 계속 쓸 수 있게….

그리움

아내와
어린아이들
손잡고 걷던
쇼핑몰

왜 꼭
지나고 나야
그리울까.

그땐 그냥
오히려 피곤한
평범한 날이었는데

아, 그렇구나
그리움은
지나고 나야
오는 거구나.

그리움은 지나고 나야
오는 거구나.

오늘, 하루 또 살아냈다

아빠도 힘들면

울어도 된다

"남자가 돈이여?"

술집 바에 앉아 있던 40대 후반의 남자가 주인장과 얘기하다 다소 흥분한 듯 소리를 높였다.

"맨날, 돈 돈 돈! 그렇게 벌어다줘도 돈타령만… 남자가 돈으로만 보이지."

어쩌다 보니 단골 술집 카운터 바에서 중년 남자 넷이 각자 혼술을 하고 있었다. 그런데 그중 제일 취해 보이는 중년 남자가 주인장에게 넋두리를 해댔다. 가만히 들어보니 한국에서도 그럭저럭 먹고살았는데, 마누라가 하도 돈 돈 돈 해서 실컷 돈이나 벌어다주자고 중국 가서 사업하다 쫄딱 망했다고 한다(아마 아내 입장을 들어보면 얘기가 달라지겠지만). 그렇게 한국으로 돌아와 이 일 저 일 하다 오늘이 첫 출근인데…. 동료들이 축하해준다고 회식하다 말고 술에 취해 사라졌단다. 술값도 안 내고 말이다. 참 이래저래 힘들어 보였다. 그래서였을까? 나도 모르게 한마디를 거들었다.

"힘들죠? 아빠들은 힘들면 힘들다고 하면 되는데…. 그러지 못하고 만날 딴 얘기만 하죠. 상사 뒷담화, 직장 동료 뒷담화, 내 맘대로 안 되는 처자식…. 사실은 나 힘드니까 좀 알아달란 얘기인데 말이죠. 아빠도 힘들면 울어도 돼요. 힘들면 우세요!"

내 말에 혼술을 하던 중년 남자들의 눈에 눈물이 맺혔다. 들키지 않으려 애쓰면서…. 그래, 다들 이심전심인 거다. 심지어 그 남자는 대놓고 꺼이꺼이 울기 시작했다. 술기운에 툭 건드리니 애써 감춰두었던 감정을 주체할 수 없었던 거다. 손을 잡아주고, 등 한복판을 쓰다듬어주었다. 그러는 나 역시 눈물이 핑 돌았다. 내 심정도 그 심정이었으니까.

아빠도 힘들면 울어도 돼요.
힘들면 우세요!

투잡으로 내몰리는 아빠, 엄마들

대한민국 아빠들은 먹고살기 위해 무던히도 애를 쓴다. 가장으로서, 가족들을 책임지기 위해 투잡도 마다하지 않는다. 언젠가 내가 불렀던 어떤 대리기사님도 투잡을 뛰었다. 그가 말하길, 대리기사 일을 하지만 보통 자정 무렵에 귀가한다고 했다. 본업은 통근 버스기사라 새벽 6시에 출근해야 하기 때문이었다. 내가 "잠이 모자라지 않으세요?" 물었더니 "대리기사 출근하기 전에 조금 잘 시간이 있어요." 했다. 버스기사 퇴근 후, 오후에 잠깐 눈을 붙이고 다시 대리운전을 나선다는 것이다. 이야기를 들어보니 그전에는 회사를 다니다 퇴직하고 횟집을 2년 하다 접었단다. 후배가 기술 전수까지 해준다고 해서 가게를 물려받았는데…. 잠깐 배운 기술로는 어림도 없었다던가. 그렇게 폐업을 하고 통근 버스 일을 시작했다고 했다. 돈을 더 벌어야 해 투잡으로 대리기사도 하게 된 거라고….

얼마 전, 〈투잡 뛰던 50대 가장, 야간운전 중 전봇대 충돌 사망〉이라는 안타까운 기사를 보았다. '오후 10시 50분쯤 부산의 한 도로에서 경차가 전봇대를 들이받아 운전자 56살 A

씨가 그 자리에서 숨졌다. 경찰 조사 결과 숨진 A씨는 낮에 학원을 운영하고, 밤에는 농산물시장에서 배달 일을 하는 등 이른바 투잡을 한 것으로 알려졌다. 사고가 난 시간에도 A씨는 배달 일을 하러 가는 길이었다. 경찰은 숨진 A씨가 피곤한 상태에서 운전하다 사고를 낸 것으로 보고 정확한 경위를 조사 중이다.'

기사를 본 순간 너무 슬펐다. 그의 죽음이 아빠만의 잘못일까? 가족들을 위해 사지로 내몰릴 수밖에 없는 대한민국의 현실이 서글펐다. 어디 아빠뿐인가? 가정에 한 푼이라도 보탬이 되려고 식당에서 허드렛일 하는 엄마들 또한 수두룩하다. 아빠 사업 실패로 이혼하고 투잡하며 애 키우는 엄마들도 너무 많다. 정말이지 안타까운 일이다.

볼 빨간 중년 남자들의 애환

며칠 전, 지나가던 오토바이가 쓰러져 있는 것을 보았다. 넘어진 오토바이에 한쪽 다리가 낀 운전자는 일어나지도 못하고 고통스럽게 울부짖고 있었다. 다행히 곁을 지나던 행인

들이 그를 꺼내 일으켜 세웠다. 고통에 일그러진 얼굴을 보니 50대 남자였다. 한눈에 봐도 호리호리한 게 사무직에나 어울릴 인상이었다. 일으켜 세운 오토바이를 보니 음식 배달 중이었다. 진짜 아빠가 달리다 넘어졌다.

이렇게 힘든 일과를 마치고 나면, 술이라도 한잔하며 스트레스를 푸는 게 대부분 아빠들의 낙이다. 한 잔 술에 넋두리하며 힘든 일과를 털어내는 것이다. 그렇게 어쩌다 보니⋯ 어느 새벽, 화장실 소변기에 중년 남자 셋이 나란히 비틀거리며 볼일을 보고 있었다.

볼 빨간 사춘기도 아니면서 볼 빨간 중년 남자 셋이 한 손에 부여잡고 앞뒤로 흔들거리며 똑같은 리듬을 타고 있었다. 순간 저들이 왜 술을 마셨는지 알 것 같았다. 같은 마음일 것 같았다. 술기운 때문인지도 몰랐다. 아니면 같은 박자로 흔들거리는 진동 때문이었는지도. 그냥 그렇게 취하고, 그렇게 견디고, 그렇게 흔들거리는 모습이 다 같은 아빠라는 생각이 들었기 때문이다. 흔들거리는 모습이 흔들거리는 우리네 삶 같았다. 그 흔들거림은 이런 말을 하고 있었다.

　오늘, 하루 또 살아냈다.

그런 아내는 없다

그런 날이 있다
밖에서 유난히
힘든 날
한다고 하는데
일이 뜻대로
풀리지 않는 날

그런 날
풀이 죽는다.

학원비 걱정 말라고
생활비 걱정 말라고

아빠가 다 알아서 할게
당신 나 못 믿어 하고
큰소리쳤지만
그럴 수 없을 것 같아
말도 못 하고

혼자,
가슴으로 우는 날

그런 날
누군가 말없이
술 한잔 건네며
알면서도 모르는 척
한잔해요 하는 사람이
술집 주인이 아니라
아내였으면
좋겠다.
들어주고
맞장구 쳐주고

그렇구나

힘들었겠구나

빈말이라도

당신이라면

할 수 있어라고

말해주는 사람이

아내였으면

좋겠다.

돈은 주겠다

얼마라도

그런 아내가

있다면

돈은 없지만

돈이 있다면

현실은…

그런 아내는 없다
꿈에서라도

그런 아내가 있다면
그런 남편이 있어야 하니까

이런 젠장,
또 혼자
술을 마신다
포장마차에서
아줌마,
죄송한데
소주 한 병 더 하고
오뎅 국물이라도 좀…

부부 싸움한 날 밤
홀로 들이키는
소주 한 잔

아, 쓰다.

달리고, 달리고, 달리고

"어디까지 가세요? 가는 길에 내려드릴게요."

장사가 끝나고 집으로 가는 새벽녘이면 버스 정거장도 없는 어두운 국도변 길가에 희미한 그림자가 서 있곤 했다. 그림자의 정체는 셔틀버스를 기다리는 대리기사였다(대리기사들을 태워주는 셔틀버스가 있다는 사실은 과거 어느 대리기사님과의 대화를 통해 알게 되었다). 그날의 온도는 2.8도로 제법 쌀쌀한 날씨였다. 나는 지나가다 차를 세우고 대리기사를 대리했다.

"많이 추우시죠?"

그는 한참을 떨었는지 차에 타서도 연신 손바닥을 비볐다.

"아, 괜찮습니다. 춥긴 하지만 한겨울에 비하면 아무것도 아니죠. 조금만 가다가 고가 앞에 내려주시면 됩니다. 정말 감사합니다."

차에서 내리며 그는 내게 2천 원을 건넸다. 셔틀버스값이었다. 물론 나는 받지 않았다.

밤거리에 나가보면 휴대폰을 뚫어져라 쳐다보며 서성이는 중년 남자들을 심심찮게 볼 수 있다. 그들이 바로 대리기사들이다. 콜이 뜰 때 바로 잡지 않으면 경쟁에서 밀리는 게 그들의 일상이다. 아다리가 맞는 방향을 잽싸게 잡아야 그날 돈 좀 가져간다. 그러지 못하면 그날 벌어야 할 돈을 못 번다. 그러니 한시도 휴대폰 화면에서 눈을 뗄 수가 없다.

입에 풀칠이라도 하려면...

한때, 그들은 잘나가는 직장인이었고 사장님 소리를 듣던 사람들이었다. 힘들게 공부해 어렵게 취직에 성공했다. 결혼하여 아이를 낳고, 때론 힘들지만 계속 회사를 다니며 집도 장만하고 아이들 교육도 시킬 수 있을 줄 알았다. 그런데 어느 날 갑자기 회사에서 나가라고 한다. 아무런 준비도 안 되어 있는데…. 그냥 버텨볼까 생각도 해보지만 결국 밀려날 수밖에 없다는 걸 알기에 목돈으로 퇴직금을 준다고 할 때 퇴사했다.

열심히 달렸는데…. 상사의 비위를 맞춰가며, 못난 후배들을 다독거려가며, 때론 아내의 눈치를 보면서 주말 근무도 불사하며 열심히 일했는데…. 한 순간 허망함이 찾아왔지만 다시 털고 일어서야 했다. 가족이 있으니 마냥 주저앉아 있을 수는 없었다. 뭐라도 해서 먹고살아야 했다. 하지만 그게 마음처럼 되지 않았다. 퇴사를 하니 먹고살 길은 막막했다. 특별한 기술이 있는 것도 아니라 재취업하기도 녹록치 않았다. 그래서 대부분의 사람들이 그렇듯 사업을 하거나 장사에 뛰어들었다. 먹고살아야 하니 어쩔 수 없었다.

퇴직금으로 프랜차이즈 치킨집을 차렸다. 많은 이들이 선택하는 길이었다. 마땅한 대안이 없기 때문이다. 다들 비슷한 마음으로 시작하니 치킨집이 넘쳐났다. 한 집 걸러 한 집이 치킨집이었다. 경쟁이 치열하다 보니 더 열심히 할 수밖에 없었다. 인건비 아끼려고 배달도 직접 다녔다. 회사 다닐 때는 시켜 먹기만 했는데…. 경비 아저씨 눈치 보며 배달 다니는 내 모습이 처량하게 느껴졌다. 한때는 나도 잘나갔었는데…. 한 푼이라도 더 벌려면 주말에도 일해야 했다. 아이들이 눈에 아른거렸지만 먹고살려면 어쩔 수 없었다. 아이들과 놀아주지 못해 미안했다. 남들처럼 주말에는 아빠, 엄마하고 놀러 가고 싶을 텐데…. 그 생각을 하면 가슴이 미어졌다. 그래도 달려야 했다. 안 그러면 가족이 굶을 테니까. 치킨을 배달하며 열심히 달려야 했다.

세상은 뜻대로 되지 않는다. 열심히 살았는데도 결국 가게 문을 닫을 수밖에 없었다. 한강 다리로 갈까도 생각했지만 차마 그럴 수 없었다. 아내 볼 면목이 없었지만 아이들이 눈에 밟혔다. 부모님 생각도 났다. 결국 입에 풀칠이라도 하려면 대리운전이라도 해야 했다.

이것이 대부분 대리기사들의 스토리이다. 스토리의 세부적인 차이는 있어도 큰 줄기는 같다. 대리운전을 자주 이용하다 보니 수많은 기사님들과 대화를 나누며 알게 된 사실이다. 가끔 여자 기사님도 있었지만 대부분이 아빠였다. 한 가정을 책임지는 아빠…. 지금 이 시간에도 많은 아빠가 직장에서 달리고, 가게에서 달리고, 차 안에서 달리며 열심히 살아가고 있다.

어두운 새벽길을
홀로 걷는 아빠들

"에이, 그러지 말고 받으세요."

내가 한사코 거절했음에도 그는 셔틀비를 주려고 했다. 결국 나는 회심의 일격을 가했다.

"이거 받으면 불법이에요."

그는 그제서야 내게 셔틀비 주기를 포기했다. 그리고 연신 감사하다고 했다. 사실은 오늘 손님이 너무 없어 허탕 치고 일찍 들어가는 길이라며, 경기가 안 좋으니 대리기사도 손님이 없다고 했다. 집 근처까지 태워드린다는 내 말에 그는 길가 한쪽을 가리켰다. 여기까지 태워준 것만으로도 너무 감사하다며, 덕분에 오늘 편히 집에 올 수 있게 되었다고 했다. 그의 진심에 내 마음이 뿌듯해졌다. 그리고 또 한편으로는 아련해졌다.

그를 내려주고 돌아오며, 다음에도 같은 상황이 생기면 대리기사님들을 대리해드려야지 다짐했다. 나는 그들이 남 같지 않았다. 그들 대부분이 한 가정의 아빠였다. 이 기사님 또한 별반 다르지 않은 길을 걸어왔으리라는 사실을 묻지 않아

도 알 수 있었다. 길가에 내려 집으로 걸어가는 대리기사님의
뒷모습을 보면서 이런 생각이 들었다.

아내는, 아이들은 알고 있을까?
가족 모두 잠든 이 춥고 어두운 새벽길,
아빠 홀로 걷고 있다는 것을.

기억 버리기 연습

요즈음,

태어나서 지금까지 살아온 날들을

눈 감고 조용히 떠올리는 시간을 갖는다.

신기하게도 딱 영화 한 편이다.

반백 년을 살았어도

두어 시간 남짓이면 기억이 끝난다.

그러니 인생은 한순간이다.

영화 한 편 찍기다.

아등바등 살 필요 없다.

다 기억일 뿐이다.

그 기억 속에서
아픔도
슬픔도
기쁨도 나온다.
그러니 버리면 된다.

떠올리고 버리면
빈 마음만 남는다.

아무것도 없으니
아픔도
슬픔도
기쁨도 없다.

기쁨도 없으면
뭐가 좋으냐 싶지만
그 기뻤던 기억 때문에
지금이 그때보다
덜 기쁜 것이다.

그러니 기쁨도 버려야 한다.

다 버리고 텅 빈 마음
바로 지금 여기
이 순간이 행복한 마음
늘 행복한 마음

언제 이렇게 될 수 있을까.

이 순간이 행복한 마음
늘 행복한 마음
언제 이렇게 될 수 있을까.

아빠는 캔디가 아니야

아빠는 울면 안 된다?

외로워도 슬퍼도 나는 안 울어.

참고 참고 또 참지 울긴 왜 울어.

웃으면서 달려 보자 푸른 들을

푸른 하늘 바라보며 노래하자.

내 이름은 내 이름은 내 이름은 캔디.

나 혼자 있으면 어쩐지 쓸쓸해지지만

그럴 땐 얘기를 나누자 거울 속의 나하고

웃어라 웃어라 웃어라 캔디야.

울면은 바보다 캔디 캔디야.

1970~80년대 방영되어 인기를 끌었던 애니메이션 〈들장미 소녀 캔디〉의 가사다. 가사에 캔디 대신 아빠를 넣어도 기가 막히게 들어맞는다. 외로워도 슬퍼도 아빠는 울면 안 된다. 참고 참고 또 참아야 한다. 혼자 쓸쓸해져도 거울 속의 나하고 얘길 나눈다. 혼자 중얼거린다. 얘기 나눌 상대가 없다. 가족도 있는데. 친구도 있는데. 웃어라. 웃어라. 웃어라, 아빠야. 힘들어도 참고 웃어라. 아빠는 울면 절대 안 된다. 울면은 바보다. 아빠, 아빠야.

이젠 울어도 된다. 아빠가 고아 소녀(캔디)도 아니고. 울어라, 아빠들이여. 우리는 그만한 자격 있다. 캔디가 방영되던 시기, 나 같은 아이를 뒀던 우리 시대 아버지도 캔디처럼 살아왔다. 외로워도 참고, 슬퍼도 참고, 힘들어도 참으며, 가족을 위해 앞만 보고 달려왔다. 뒤돌아볼 틈도 없이 오직 직진, 직진뿐이었다. 그래, 그땐 그래야만 했다. 그래야만 했던 시절이었다. 가족의 생존이 먼저였기에 나 따위 챙길 여유가 없었다. 좋든 싫든 한 직장에 30년씩 말뚝을 박고, 더러워도 참고 힘들어도 참으며 다녀야 했다. 존경받아 마땅할 대단한 인생을 사셨다. 그게 어디 쉬운 일인가? 한 가족의 건사, 그것만큼 위대한 인생 목표가 어디 있겠는가?

그 시절에는 또 부모님의 몰빵 장학금 때문에라도 자기 인생을 살기 힘들었다. 부모님이 소 팔아서 힘들게 공부시켜 주신 걸 알기에 부모님 기대를 저버릴 수 없었다. 나처럼 살지 말고 좋은 대학 가서 출세해 땅땅거리며 살라고…. 피땀 흘려 번 돈을 자식에게 몰빵했다. 그 돈으로 공부하니 부모님이 자랑할 만한, 남 보기 그럴듯한 삶을 살아야 했다.

'뉘 집 자식인데, 이렇게 출세했어? 부럽구먼.'

고생하신 부모님께 보답으로 이 한마디를 꼭 들려드려야 했다. 그러니 자기 마음대로 자기 인생을 살 수 없었다. 그렇게 살아온 부모님 세대 영향으로 지금 우리 세대도 별반 다르지 않은 삶을 살았다.

넘어져도 아직도
달리고 있는 아빠들

그래서일까? 내 또래 대부분은 적성과 상관없이 좋은 대학 가서 번듯한 직장을 잡으려고 경쟁했다. 마치 정답이 있는 것처럼. 사회가 정해 놓은 프레임을 벗어나지 않으려 안간힘을 썼다. 하고 싶은 일이 있던 사람도 하고 싶은 일 대신 취직을 했다. 유학 다녀와서 특별히 하고 싶은 일이 없던 나도 취직을 했다. 내 친구 성진이도 특별히 하고 싶은 일은 없었기에 취직을 했다. 나도 그도 남들처럼 취직을 했다(그때나 지금이나 취직은 어렵다). 그리고 열심히 달렸다. 그러다 나는 중간에 넘어졌다. 두 번이나 넘어졌다.

성진이는 아직도 달리고 있다. 열심히 달리고 있다. 머리숱 많던 직장 초년병 시절부터 만나기만 하면 곧 회사 그만둘 것처럼 굴더니…. 머리숱 얼마 안 남은 지금까지도 머리카락을 휘날리며 열심히 달리고 있다. 물론 30년 가까운 시간을 달리며, 중간에 넘어질 뻔도 했다. 하지만 녀석은 신문에 날 정도의 사고에 휘말리면서도 살아남았다. 어찌나 두뇌 회전이 빠르고 능력이 좋은지, 잘릴 것 같으면 이직을 했다. 그것도 대기업으로만.

진로 전문가들은 이를 두고 진로 적응도Career Adaptability가 높다고 한다. 그런 면에서 나는 진로 적응도가 빵점이었다. 두 번씩이나 적응 못 하고 퇴사했으니 말이다. 내 친구 성진이처럼 뜻밖에(?) 직장 생활에 적응 잘하는 사람은 퇴사를 하지 말고 계속 다녀야 한다. 적어도 하고 싶은 일을 찾을 때까지는…. 직장 생활로만 보자면 성진이는 승자였다.

반면에 반복적으로 직장 생활에 실패한 난 루저였다(사실 내 입장에서는 성진이 같은 친구가 대단하게 느껴진다. 한국에서 20년 넘게 직장 생활한다는 것이 어떤 의미인지 회사를 다닐 때 뼈저리게 느꼈으니까. 물론 한편으로는 안쓰러운 것도 사실이다). 직장 생활에서 난 루저였지만 장사에서는 루저가 아니었다. 누가 시키는 일은 잘 못하고, 어디 얽매이는 것을 싫어하는 내 성격상 조직 생활보다는 자영업이 잘 맞았다. 죽이 되든 밥이 되든 남 눈치 안 보고 자기 마음대로 할 때 성과가 나는 유형이었던 것이다. 누구나 자기가 있어야 할 자리에 있으면 성과가 나기 마련이다.

자기 자리에 있어야
빛나는 법이다

또 다른 친구인 재상이를 봐도 알 수 있다. 한때 나의 두 번째 가게에서 매니저를 했던 재상이는 내 가게를 깨끗하게 말아드실 뻔했다. 어쩜 그렇게 매니저 일을 못 하는지…. 술

처먹고 늦잠 자다가 가게 오픈 안 하고, 오픈하면 장사 준비 하다 말고 짱박혀 자고. 그야말로 베짱이가 따로 없었다. 그 렇게 가게 말아먹다 잘렸던 재상이가 오십 넘어 앨범 내고 가 수가 되었다. 세상에나, 진짜 베짱이가 따로 없었다(솔로 가수 는 아니다. 많이 팔릴 것 같냐고 묻지 마라. 곤란해지니까). 매니저였 을 땐 꼴도 보기 싫었지만 노래할 땐 그렇게 멋있어 보일 수 없었다. 그래, 누구나 자신이 있어야 할 자리에 있으면 빛이 나는 법이다.

성진이가 회사 생활 대신 장사를 한다면, 내가 장사 대신 다시 직장 생활을 한다면 잘할 수 있을까? 성진이가 장사를 잘할 수 있을지는 몰라도 내가 장사보다 직장 생활을 잘할 리 는 천만의 말씀 만만의 콩떡이다. 그럼에도 불구하고, 누구나 잘하는 일이 한 가지씩은 있다. 굼벵이도 구르는 재주가 있다 지 않은가. 그 자리에 있을 때 사람은 제 할 일을 할 수 있다. 예전에는 어쩔 수 없이 힘들어도 참고 다녀야 했다. 이를 악물 고 한 직장에서 살아남아야 먹고살 수 있었다. 시대가 바뀐 지 금은 더 다니고 싶어도 더 다닐 수가 없다. 대신 퇴사해도 먹 고살 거리가 다양해졌다. 세상이 변하고 있다. 디지털 기술과 SNS의 발달로 자신만의 콘텐츠만 확실하면 직장에 얽매이지 않고 전문가로 대접받으며 먹고 살 수 있게 되었다. 물론 쉬운 일은 아니지만.

그러니 더는 맞지 않는 일 붙들고 울음을 참아낼 필요 없다. 캔디처럼 참고 참고 또 참지 않아도 된다. 어딘가 분명 나에게 맞는 자리가 있다. 내가 잘할 수 있는 일이 있다. 지금 하는 일이 아니라는 확신이 든다면, 하고 싶은 일이 있다면 인생에 한 번쯤 과감하게 도전할 필요도 있는 것이다.

세상에 정답은 없다. 각자에게 맞는 답이 있을 뿐이다.

세상에 정답은 없다.
각자에게 맞는 답이 있을 뿐이다.

먹이를 물어다 주는 아비새처럼

혼술과 대리기사

일 끝난 새벽 운전하고 가다가 문득 울고 싶어진다.

그런 날이 있다.

아무 일도 없는데, 그냥 울고 싶은 날.

갱년기인가? 요즘 부쩍 눈물이 많아졌다. 중년 남자에게도 갱년기는 오나 보다. 슬픈 영화를 보고 우는 게 아니라 울고 싶어서 슬픈 영화를 보는 나이가 되었다. 그리고 그런 날이면 차를 돌린다. 집에 가다 옆으로 새는 것이다. 그렇게 동네 술집에서 눈물 대신 술을 마신다. 그럴 때면 때맞춰 술 먹을 핑계도 생기곤 한다.

야심한 밤, 부를 사람 없어 혼술을 한다.

'받으시오~'

'자네도 한 잔 받게나.'

내가 나에게 따르는 술이다. 그렇게 내가 나를 위로한다. 거나하게 취해 어쩔 수 없이 대리를 부른다. 돈 아끼자고 그렇게 다짐했건만… 내 마음이 내 마음대로 안 된다.

"위치가 어디죠? 금방 가겠습니다. 조금만 기다려주세요."
"거의 다 왔는데, 입구를 못 찾겠네요. 입구가 어디죠?"

수화기 너머로 거친 숨소리가 들려온다. 대리기사들은 늘 뛴다(나도 가게 접고 대리운전을 해보니 왜 뛰는지 온몸으로 알겠다). 프로 대리기사들은 손님이 기다릴 만한 타이밍에 맞춰 계속 연락을 한다. 늦으면 술김에 확 취소할지도 모르기 때문이다. 그러면 돈이 날아간다. 한 푼이라도 더 벌기 위해, 혹시라도 취객의 심기를 건드릴까봐 헐레벌떡 뛰어와 굽신굽신 비위를 맞춘다. 그렇게 번 돈으로 가족을 지킨다.

아빠들은 다 똑같다. 직장 상사 비위 맞춰 가며, 손님 비위 맞춰 가며 번 돈으로 가족을 먹여 살린다. 먹이를 물어다 주는 아비새처럼. 가족을 지키려고 자기보다 크고 무서운 매와도 결투하는 작은 딱새, 아비새처럼…. 가족이 알아주지 못해도 말이다.

"천천히 오세요."

그런 마음을 알기에 나는 기사님에게 천천히 오라고 했다. 그리고 그를 기다리는 동안 편의점에서 원 플러스 원 두유를 샀다. 따뜻한 걸 샀는데도 밖이 추우니 기사님이 도착했을 땐 다 식어버렸다. 그래도 아빠가 아빠에게 주는 선물이다. 같은 아빠의 마음이 담긴….

차마 묻지 못한 사연

"안 뛰어오셔도 되는데…. 이거 하나 드세요. 식긴 했지만."

슬쩍 말을 걸어봤다.

"대리운전, 힘들지 않으세요?"

"그냥 운동 삼아 하는 거예요."

대수롭지 않게 대답한다. 의외다.

술 마신 김에 힘든 내색을 했다.

"아, 저는 코로나 영업제한으로 가게 두 개 폐업하고, 지금 은 하나 남았어요."

"그래도 하나 남았잖아요. 한 개 남은 게 얼마나 다행이에요. 그리고 무엇보다 건강이 최고죠."

그러면서 기사님은 자신의 이야기를 들려주었다.

"몸이 많이 아팠어요. 화장실도 갈 수 없을 정도로요. 매번 누워서 설사했죠. 그때마다 어머니가 그걸 다 받아주셨어요. 꽤 오랫동안 그랬죠. 어머니 정성 덕분이었는지 다행히 좋아졌어요. 아직 다 나은 건 아니지만요."

그는 어머니와 단둘이 살고 있다고 했다. 왜냐고는 차마 묻지 못했다. 그런 어머니가 요즘 치매에 걸리셨다고 한다. 대리운전하고 있는 지금도 집에 치매 걸린 어머니 혼자 계신다고. 자신을 살려준 치매 걸린 어머니 홀로 두고, 성치 않은 몸으로 대리운전이라도 해서 돈을 벌어야 하는 기사님의 심정은 어떨까? 운동 삼아 한다는 그의 말은 빈말이었다. 사연을 듣고 나니 한 대 세게 얻어맞은 기분이다. 힘든 내색을 한 나 자신이 너무 창피했다.

죄송합니다, 힘든 척해서

한번은 몸이 불편한 기사님을 만난 적이 있었다.

"최대한 빨리 오느라고 왔는데, 늦어서 죄송합니다."

이 시간엔 다른 콜도 있는데, 방향이 맞아 집에 들어가려고 잡았다고 했다. 그러면서 누군가에게 전화했다.

"다 와 가니까 지금 그 앞으로 오면 돼."

집사람이라고 했다.

"근처 사시면 걸어가셔도 되지 않나요?"

내심 걸어가면 되지 왜 부인을 부를까, 하고 생각하며 물은 질문이었다.

"제가 장애인이라서요. 다리가 불편해서 오래 걸을 수가 없어요."

다리가 불편함에도 그는 대리기사를 하고 있었다. 그제야 이해가 되었다. 그래서 나는 "몸이 아픈데, 치매 어머님 집에 홀로 두고 대리운전하시는 분도 있더라고요." 하고 위로 차 말씀드렸다. 그랬더니 그가 자기 얘기를 시작했다.

"저는 어머님도 없이 고아로 자랐어요. 장애도 있고요. 집사람도 장애인이고요. 사실, 어제도 청산가리 먹을 생각이었어요⋯."

얼마나 사는 게 힘들었으면 하는 생각이 절로 들었다. 가족은 알까? 아무 일 없어 보이던 아빠가 어제 청산가리를 먹으려 했다는 사실을⋯. 아마 그 역시 가족 앞에서는 절대 내색하지 않았을 것이다. 혼자 삭일지언정⋯. 내 앞이니까 털어놨으리라. 한 번 보고 헤어지면 언제 다시 볼지 모르는 낯선 이니까. 그래도 누군가에는 한 번쯤, 그 심정 털어놓고 싶었으니까. 그렇게라도 위로받고 싶었을 테니까.

'죄송합니다. 힘든 척해서⋯ 건강할 때 열심히 살겠습니다.'

그의 이야기를 들으며 힘들다는 말이 쏙 들어갔다. 힘든 사람 위에 더 힘든 사람. 자기 몸 가누기도 힘든데, 가족 부양하려고 애쓰는 가장들이 있다. 나 또한 배달하다 족저근막염을 얻어 걸을 때마다 발이 아팠지만 이들에 비하면 아무것도 아니었다. 연속으로 이런 분들을 만나고 나니 삶이 내게 어떤 신호를 보내는 것 같았다.

'힘들다고 투정 말라. 주어진 삶에 감사하라.'

힘들지만 그래도 아직 건강하고, 사지 멀쩡하게 일할 수 있는 지금 감사하지 아니한가.

국밥에 소주 한 잔

오늘도 고생한 나를 위한 선물

오랜만에 장사가 잘됐다. 샤브샤브 오뎅바(아빠야 샤브바)를 하다 보니 날씨가 쌀쌀해지면 손님이 몰리는 편인데 오늘이 딱 그런 날이었다. 다른 가게는 썰렁한데 내 가게만 붐볐다. 뜨끈뜨끈한 국물에 소주 한잔하기 딱 좋은 날씨였기 때문이리라. 맛있게 한잔하는 손님들을 보니 나도 한잔하고 싶었다. 물론 일이 끝날 때까지 꾹 참았다. 그리고 일이 끝나자마자 오줌 마려운 똥강아지가 볼일 볼 데 찾듯, 국밥집을 찾아 소주한 잔을 들이부었다. 소주 한 잔을 마시고 캬아~, 안주 대신 뜨끈한 국밥 한술을 떠 넣으며 으하~ 감탄사를 냈다. 고된 일을 마치고 마시는 국밥에 소주 한 잔이란…! 인생의 낙이 따로 없다.

한 잔씩 마시며, 오늘 고생한 나를 위한 선물이라 생각했다. 코로나 전에는 단골 술집에서 한잔하고 대리를 불러 집에 가곤 했다. 하지만 배달을 하는 지금은 그 대리비로 국밥에 소주 한잔을 하고 걸어서 집에 간다. 내가 국밥에 소주 한잔하는 이 시간에도 배달하는 사람들이 수시로 왔다 가는 것을 보고 있노라면 왠지 미안하다. 나도 빨리 뜨고 일어나 배달을 해야만 할 것 같은 것이다.

헬멧 쓰고, 두꺼운 방한복 입고, 스마트폰 콜 화면을 내려다보며 픽업을 기다리는 배달기사의 뒷모습을 물끄러미 바라본다. 얼마나 추울까? 이 새벽에 몇천 원 벌자고 오토바이로 배달을 하려면…. 나는 그나마 차로 배달하니 다행이라 생각하면서도 오토바이 배달기사의 뒷모습이 안쓰럽다. 잡아끌어 같이 한잔하고 싶은 마음이 굴뚝같다.

"아, 날도 추운데 오늘은 그만 쉬고, 여기 앉아 뜨끈한 국밥에 나랑 술이나 한잔 해요."

물론 차마 내뱉을 용기는 없다. 정말 잡아끌었다간 술주정하는 줄 알고 헬멧으로 한 대 처맞을지도 모르니까.

알바와 주인,
입장을 바꿔 생각해보면…

배달 기사가 왔다 간 자리에 한가해진 주방 이모가 나와 두리번거리더니 슬며시 손님 자리에 앉는다. 피곤한 모양이다. 족히 70세는 되어 보이는 어머니가 피곤한 기색으로 의미 없이 TV 화면을 올려다본다. 이 새벽에 잠도 못 자고…. 그분을 보고 있자니 내 가게 이모님이 생각난다. 환갑이 넘은 이모님도 힘드시겠지. 아내는 그런 이모님의 일하는 시간을 줄이고 나 보고 일하란다. 사실 틀린 말은 아니다. 인건비도 줄일 겸 내가 오픈부터 마감까지 다 해야 한다는 걸 나도 잘 안다. 아내의 심정도 충분히 이해가 간다. 아내까지 남의 가게에서 알바 하고 있는 상황 아닌가?

아내는 사실 이모 내보내고 자기가 일하며 인건비라도 줄이고 싶어 한다. 하지만 10년 넘게 가게를 맡아 주인처럼 일해 주신 이모님께 나는 나가라는 말을 할 수 없었다. 시간을 줄이자는 말도 마찬가지다. "다른 가게 폐업하고, 이제 내가 돌아왔으니 이모님은 좀 쉬세요." 이런 말을 어떻게 하란 말인가? 난 아내에게 못 한다고 했다. 대신 사람이 더 필요할 정도로 장사가 더 잘 되게 만들겠다고 하고 마무리했다.

얼마 후, 아내가 "알바 가게 주인이 시간 줄이자고 통보했다."며 나한테 불만을 토해냈다. 장사가 잘되지 않아 다음 달부터 시간을 줄여야겠다고 했단다. 그러면 월급이 줄고, 그 시간 안엔 일 끝내기도 힘들다며 입이 이만큼 나왔다. 하지만 나는 그런 아내를 통해 우리 가게 이모님 심정을 듣는 것 같았다. 아내의 알바 가게 주인도 입장을 바꿔 직원 심정을 이해해주면 얼마나 좋을까? 아내처럼 꼼꼼하게 성실하게 일 잘하는 사람 구하기가 어디 쉬운가? 그러니 그 정도는 주인이 떠안고 가면 좋을 텐데. 물론 주인 심정도 모르는 건 아니지만….

배달기사도 그렇고, 주방 이모도 그렇고, 내가 그 입장이 돼보면 세상 이해 못 할 일이 어디 있겠는가. 국밥에 소주 한잔하고 걷는 새벽길에 옛날 노래를 흥얼거린다.

"입장 바꿔 생각을 해봐. 니가 지금 나라면~"

PART 2

힘들다는 말보다
괜찮다는 말이 더 익숙해

코로나와 와이프

몰랐다

깨지기 전까지는

그때 알아들었어야 했는데

아내에게 듣고 싶은 한마디

아내에게 들으면

울음을 터트릴 말

뚜두두두, 뚜두두두…

알람 소리에 잠에서 깼다. 실눈을 뜨고 보니 새벽 6시. 손을 더듬어 알람을 끈 후 '10분만 더.' 하며 다시 스르르 잠에 빠졌다. 두 번째 알람 소리에 다시 실눈을 뜨니 '오, 마이 갓! 지각이다!' 헐레벌떡, 주섬주섬, 씻는 둥 마는 둥, 먹는 둥 마는 둥, 매다 만 넥타이를 목에 건 채 가방을 들고 달려나가려는 순간 "여보!" 하며 아내가 불러 세웠다. 아차, 음식물 쓰레기를 깜빡했다. 음식물 쓰레기를 버리고, 버스 정거장으로 냅다 달렸다. 그래도 지각이었다.

부장님께 아침부터 깨졌다. "허구한 날 늦으면서 넌 뭘 자랑할 게 있다고 만날 바지 지퍼를 열고 다니냐? 볼 것도 없는데." 점심에도 깨졌다. 빨리 먹기 시합하듯 점심을 해치우고 잠깐 눈 좀 붙이려고 사무실에 들어서는데⋯. 상무님께 불려갔던 부장님이 친히 부르셨다. "이것도 보고서냐?" 코앞에 보고서를 내밀고 흔들며 큰소리치다 바닥에 내팽개쳤다. 지난주말 아이 데리고 놀러 가자는 아내에게 "주말에 어딜 또 기어나가?" 하는 핀잔을 들어가며 회사에 나와 자정까지 작성한 보고서였다. 욕을 바가지로 먹었으니 저녁은 안 먹어도 되겠다. 그래도 술은 마셔야겠다. 함께 깨진 동갑내기 김 차장과 회사 주변 삼겹살집에서 한잔했다. 술기운이 돌자 김 차장에게 속마음을 터트렸다.

"회사가 가정파괴범이라고! 이렇게 사는 게 맞냐고! 주말에도 아이들과 못 놀아주고 핀잔 들어가며 회사 나와 일해도, 돌아오는 건 또 핀잔뿐이야."

그래도 상사니 무슨 소리 하냐며 달래줄 줄 알았던 김 차장이 나보다 더 지친 표정으로 입을 열었다.

"맞아."

김 차장은 읊조리듯 말하더니 소주를 단숨에 목구멍으로

털어 넣었다. 그때 알았다. 나만 그렇게 생각하는 게 아니라는 것을. 나뿐만 아니라 다들 어쩔 수 없이 참고 다니는 거라는 사실을….

술에 떡이 되어 집에 들어오면 아내 눈에는 돈은 돈대로 못 벌고 허구한 날 술만 처먹는 남편이 보인다. 아니, 그런 남편만 보인다. 힘들어서 하루에도 수십 번 사표를 만지작거리고, 처자식만 아니라면 당장이라도 때려치우고 싶은데 그러지 못해 술로라도 버티려는 남편은 보이지 않는다.

"당신 오늘 힘들어 보이네, 괜찮아? 정 힘들면 회사 그만두고 하고 싶은 일 해도 돼. 설마 산 입에 거미줄 치겠어. 난 당신 믿어, 힘내!"

오늘처럼 때려치우고 싶은 날, 아내에게 이런 이야기를 듣는다면 남자는 울지도 모른다. 물론 속으로….

당신 괜찮아?

"그동안 혼자 힘들었구나."

오늘처럼 때려치우고 싶은 날,
아내에게 이런 이야기를 듣는다면 남자는 울지도 모른다.
물론 속으로….

"몸 생각해서 너무 무리하지 마. 오늘 하루도 힘내!"

"무슨 일 하든 난 당신 믿어. 당신, 잘할 거야."

"오늘도 고생 많았어. 고마워."

　힘든 시기에 이런 따뜻한 말 한마디만 들을 수 있다면, 남편은 평생 아내에게 고마워할 것이다(물론 이 또한 속으로… 표현을 해야 하는데 참 쉽지 않다). 최소한 남편은 아내가 자기 입장을 이해해주길 바란다. 힘들어 때려치울까 고민할 때, 무시하거나 무조건 반대하면 사고를 칠 수도 있다.

　남편은 표현을 안 해서 그렇지 아내가 생각하는 것보다 훨씬 더 힘들고 외롭다. 그러다 보니 안 받아주면 어린애처럼 삐친다. 누군가 '남편은 남자 더하기 아들, 아내는 여자 더하기 어머니'라고 했다. 남자, 여자를 빼면 남편은 아들, 아내는 어머니만 남는다. 어머니가 아들 달래듯 달래주지 않으면 삐쳐서 사고 친다. 그게 남자다. 그러니 눈 딱 감고 따뜻한 말 한마디만 건네주자.

　물론 현실은 아내도 힘들고 피곤하다. 온종일 아이들에게 시달리고 집안일까지 하고 나면 녹초가 된다. 혹은 일 다녀와서 집안일까지 할 기운이 없다. 그러니 남편에게 그런 말 해줄 여력이 없다. 오히려 그런 말을 듣고 싶은 게 아내다. 그것도 아니면 만날 술만 퍼먹고 늦게 들어오는 남편에게 그런 말 해주고 싶지 않은 것일지도 모른다. 몇 번인가 "당신 요즘 힘들어 보여, 괜찮아?"라고 묻기도 했지만, 그때마다 "그럼 힘들지, 안 힘드냐?"라고 퉁명스레 쏘아붙인 남편에게 더 이상 잘해주고 싶은 마음이 없을지 모른다. 그래, 아내 입장도 이해는 간다.

요즘 가족이 자고 있을 때 집에 오는 날이 많아지면서 직장 생활하던 때 생각이 많이 난다. 그때나 지금이나 힘든 건 마찬가지지만, 그땐 아내의 따뜻한 말 한마디가 그리웠다면 지금은 차라리 쏘아붙일 때가 덜 미안한 마음이랄까?

"당신 괜찮아?"

아내가 한 마디만 건네 온다면, 울컥 눈물이 쏟아질 것 같은 밤이다.

함께 사는 우리….

내 꿈이 뭔지나 알까?

아빠도 가끔 혼자 있고 싶어.

아빠도 친구하고 놀고 싶어.

아빠도 오늘은 땡땡이치고 싶어.

아빠도 어떨 땐 눈물이 나.

아빠도 진짜 꿈이 있어.

아빠도 가끔 혼자 있고 싶어.

아빠도 친구하고 놀고 싶어.

아빠도 오늘은 땡땡이치고 싶어.

괜찮은 남편이 되긴 글렀군

남편이 그만둔다고 할 때
아내의 반응 4가지 유형

대기업에 취직했을 때 그렇게 좋아하셨다. 우리 아들이 대기업에 들어갔다고. 알게 모르게 동네방네 자랑하고 다니셨다. 나이가 많아 취직이나 할까 걱정이 컸던 만큼 기쁨도 컸다. 그래도 나는 퇴사해야 했다. 더는 버틸 수 없었다. 한계 상황이었다. 참고 다니라는 가족 몰래 회사를 나왔다. 전부터 회사 그만둘 거라고 누누이 말씀드렸건만 소용없었다. 한국 실정을 잘 모르는 아내는 알아서 하라고만 했다. 그 대신 책임지라고만 했다. 차라리 다행이라 생각했다. 한국 사정을 잘 알았다면 어찌 됐을지 모를 일이니.

남편이 회사를 그만둔다고 하면 아내의 반응은 크게 네 가지 유형으로 갈린다. 첫 번째는 내 아내처럼 "알아서 해. 그 대신 책임져." 하는 유형이다. 남편 입장에서는 제일 무난한 타입이다. 이 정도면 땡큐다. 알아서 하면 되니까. 하지만 곰곰이 생각해보면 제일 무서운 말일 수도 있다. "책임 안 지면 그땐 그냥⋯." 아무튼 그건 나중 일이고 지금으로서는 허락해준 것만도 감지덕지다.

두 번째는 제일 만나고 싶지 않은 유형이다. 바로 "그럼, 이혼해." 하는 아내다. 무조건 반대다. 남편 입장은 들어보지도 않고, 결사반대다. "회사 그만두면 당신이 뭘 할 줄 아는데?" "왜 이렇게 참을성이 없어?" 남자의 자존심을 팍팍 긁는 아내의 말에 남편이 사고를 친다. "그래? 그럼 이혼해!" 하고. 할 줄 아는 게 있을 수도 있는데. 참을성이 없는 게 아니라 맞지 않는 일이라 그럴 수도 있는데⋯.

세 번째는 "농담해?" 하고 무시하는 유형이다. "바빠 죽겠는데, 농담하지 말고 회사 열심히 다녀!" 아내의 한마디에 남편은 "네." 하고 깨갱한다. 주로 아내가 집안을 책임지거나 혼자 고생 다 하는 경우가 이에 해당한다.

마지막 네 번째 "나, 당신 믿어. 힘내!" 하는 유형이다. 말만

들어도 좋다. 이상형이다. 다음은 미국으로 이민 후 20년간 손대는 사업마다 실패한, 세계 최대 도시락 업체 '스노우 팍스'의 김승호 회장의 회고다. "세 번째 사업의 실패를 인정하던 날, 나는 모퉁이 구석 길가에 차를 세워놓고 귀를 막은 채 소리를 질렀다. 악! 악!!! 그리고 집으로 돌아가 아내의 무릎에서 애처럼 울었다. 울고 있는 나에게 아내가 말했다. '여보, 괜찮아. 또 해봐. 내가 식당 종업원이라도 해서 애들하고 먹고살면 돼.'" 아내의 격려에 힘입어 그는 다시 일어설 수 있었다.

퇴사한 남편이
아내를 위해 해야 할 일

"나, 당신 믿어. 힘내!" 하고 응원하는 아내를 만나려면 남편이 평소에 잘해야 한다. 평소에 믿음직스럽게 행동하고, 아내의 하고 싶은 일도 존중하고 응원해줘야 한다. 아내가 반대하는 이유는 대게 합당하기 때문이다.

"나는 뭐 하고 싶은 일이 없어서 집에서 밥하고 빨래하고 아이들 뒷바라지하는 줄 알아? 다 가족과 먹고살기 위해서 나도 나 하고 싶은 거 포기하고 사는 거야. 그런데, 남편이라는 작자는 철없이 자기 하고 싶은 일 한다고 가정은 나 몰라라 하고 회사를 때려치운다고? 에라이 밥 팔아서 똥 사 먹을 인간아!"

그러니 하고 싶은 일을 하려고 퇴사해도, 제 할 일은 해야 한다. 퇴사를 하더라도 생활비만큼은 목숨 걸고 갖다 주겠다고 약속해야 한다. 실제로 배달이나 대리운전을 해서라도 약속은 반드시 지키자. 나의 경우, 쉬운 길을 택했다. 바로 대출이다. 퇴사하면 대출도 못 받으니 퇴사 전 회사 담보 신용 대출을 받아 월급 대신 주며 버텼다. 하지만 나처럼 쉽게 때울 생각은 말자. 요즘 그놈에 대출 때문에 힘들다.

할 수만 있다면 지금부터 꾸준히 저축하는 게 최선이다. 퇴사 대비 저축은 그동안 고생한 내가 나에게 주는 퇴직금이다. 가정 파탄 방지 자금이기도 하다. 아내는 따박따박 들어오는 월급으로 지금 생활 수준을 유지하며 살고 싶어 한다. 남편이 회사 그만두면 생활비는 어찌해야 할지 고민이 말이 아니다. 이혼도 불사할지 모른다. 그러니 가정이 파탄 나기 전에 생활비를 모아둬야 한다.

또 해야 할 일은 진정성을 보여주는 거다. 힘들어서 충동적으로 그만두는 게 아니라 진짜 하고 싶은 일이 있어서 퇴사하는 거라는 걸 보여줘야 한다. 하고 싶은 일 할 생각에만 푹 빠져 밤새는 줄 모르고 몰입하는 모습을 본다면, 아내는 물론이고 부모 마음도 변할 수 있다. 하고 싶은 일에 좋아서 어쩔 줄 몰라 하는 모습을 본다면 '그래, 그렇게까지 하고 싶다는데 한 번 하게 해주자' 할 수 있다. 그러니 연기라도 하자. 그만큼 절실하다는 걸 보여주자.

마지막으로 해야 할 일은 그렇게 하고 싶은 일로 어떻게 먹고살 수 있는지 믿을 만한 방책을 제시하는 것이다. 최소한 월급만큼은 갖다 줄 수 있겠구나, 하는 믿음을 줄 수 있어야 한다. 안 그러면 끝내 반대할지도 모른다. 그러니 아직 방책이 없다면 퇴사를 보류해야 한다. 내 생각엔 될 것 같아도 막상 닥쳐 보면 안 되는 게 현실이다. 그런데 방책도 없다? 더 고민 해봐야 한다. 그러고 나서 퇴사해도 늦지 않다. 한계 상황이 아니라면 말이다.

나 역시 부모님은 이해해주실 줄 알았다. 자식 이기는 부모 없다고 하지 않나? 자식이 행복해하는 모습 보면 부모님도 좋아하실 줄 알았다. 하고 싶은 일 하며 잘 사는 모습 보여드리면 인정해주시리라 믿었다. 결과적으로는 부모님도 두 번째 퇴사 뒤에는 잘해보라고 격려해주셨다. 비록 아버지는 술 드시고 비틀거리셨지만…. 부모님의 격려 한마디는 자신의 결정에 확신 못 하는 아들에게 큰 힘이 되었다. 격려 한 마디가 그 믿음에 보답할 수 있게 잘해야지 하는 마음을 먹게 만든다. 아내의 이해심도 퇴사 고민으로 힘들어하는 남편에게는 큰 위안이 된다. 그러니 아내의 이해심을 얻기 위해선 남편의 진정성이 있어야 한다.

"생활비만큼은 꼭 대줄게. 진짜 하고 싶은 일이야. 이 일로 돈 벌어서 회사 다닐 때보다 더 잘 먹고 잘 살게 해줄게. 약속할게!"

격려 한 마디가
그 믿음에 보답할 수 있게 잘해야지 하는
마음을 먹게 만든다.

대출이시여

퇴사할 때도 대출을 받았다.
퇴사하면 집에 월급을 줄 수 없으니
퇴사 전 회사 담보 신용 대출을 받았다.
그렇게 몇 달을 버텼다.

그리고 하고 싶은 장사를 시작했다.
장사할 때도 대출을 받았다.
돈이 없어 부모님 집 담보 대출을 받았다.
내 집도 없었다.

처음엔 힘들었지만 다행히 자리를 잡았다.
10년 이상 가게 세 개 하며 잘 먹고 잘 살았다.

코로나로 가게 두 개를 접었다.

나머지 하나도 어찌 될지 몰랐다.

폐업할 때도 대출을 받았다.

이번엔 회사가 아니라 코로나 정부지원 대출이었다.

이번에도 대출로 버텨야 했다.

학원비와 생활비를 대출로 버티며 뭐라도 해야 했다.

다행히 나에겐 또 다른 하고 싶은 일이 있었다.

작가.

또 다른 하고 싶은 일에 희망을 걸었다.

이번에도 잘될 거다.

설마 아빠가

가족 굶기겠는가.

대출이시여,

그동안

버틸 힘을 주소서.

다행히 나에겐 또 다른 하고 싶은 일이 있었다.
작가.
또 다른 하고 싶은 일에 희망을 걸었다.

아빠, 힘들면 울어도 돼

폐업을 해야 하나,

버텨야 하나?

하고 싶은 일을 한다고 일이 술술 풀리는 건 아니다. 나 역시 그랬다. 퇴사하고 하고 싶은 일 한다고 장사를 시작했지만, 오픈빨이 지나자마자 난관에 부딪혔다. 오픈빨도 지난 데다 대형 경쟁업소 출현으로 매출이 급락했다. 엎친 데 덮친 격으로 대출금 갚아야 할 날이 시시각각 다가왔다.

똥줄 타는 그 심정…. 아무도 모른다. 매출은 안 나오고, 돈 구할 데는 없고. 막막했다. 정말 미칠 뻔했다. 말할 데도 없었다. 부모님에겐 걱정하실까 봐 못하고 아내에겐 '큰소리칠 때는 언제고 이제 와서'라고 한 소리 들을까 봐 못 했다. 그래서 혼자 끙끙 앓았다. 돌아버릴 것 같았다. 사방팔방 돈 구하러 뛰어다녔지만 지인들도 어려운 건 마찬가지였다. 처음엔 간신히 친구에게 돈을 빌려 급한 불을 껐다. 하지만 나중엔 결국 또 간신히 대출받아 돌려막기로 해결해야 했다.

코로나를 버티지 못하고, 가게를 접었다. 폐업이었다. 수많은 대리기사님을 통해 말로만 듣던 폐업이 내게도 닥쳤다. 한때 이태원에서 열 개 정도의 가게를 운영하던 홍석천도 코로나가 장기화되자 마지막 가게를 접었다. '금융위기, 메르스는 이겨냈는데 코로나는 버티기 힘들었다'면서 '주말 하루 매출이 천만 원을 찍기도 했는데 최근 하루 35,000원으로 떨어졌다'라고 고백했다. 그래, 나뿐만이 아니었다.

그동안 하고 싶은 장사하며 잘 먹고 살았는데… 퇴사할 때도 힘들었지만 폐업할 때도 역시 쉽지 않았다. 폐업해야 하나? 버텨야 하나? 버티자니 월세와 월급을 감당할 수가 없었다. 전국적으로 언제 끝날지 모르는 코로나 사태에 가게가 3개니 3배로 힘들었다. 쉽게 말해 남들이 3개월 버틸 수 있다면 난 1개월밖에 버틸 수 없다는 얘기였으니까…. 가게를 정리해서 남은 가게 비용까지 해결했다. 폐업한다고 모든 문제가 해결되는 건 아니었다. 하고 싶은 일을 한다고 일이 술술 풀리는 건 아니었다. 결국에는 잘 되겠지만….

술을 마시다 마음을 고쳐 먹다

퇴사로 고민할 땐 고통을 잊으려 술로 버텼다. 걱정이라는 생각 속에 빠져 허우적댔다. 다행히 지금은 걱정도 생각이라는 걸 안다. 의지와 상관없이 떠오르는 걱정을 막을 수는 없지만 지켜볼 수는 있다.

'아, 또 걱정이 밀려오는구나. 폐업 때문에 걱정하고 있구나. 장사 책까지 썼는데 폐업한다고 사람들이 수군거리지 않을까 신경 쓰고 있구나. 그런들 어떠하리 하고 있구나. 앞으로 어떻게 먹고살지 고민하고 있구나. 에라 모르겠다, 술이나 한 잔하자 생각하는구나. 어라, 진짜 술을 마시는구나.

술을 마시며 세상 다 산 것 같은 코스프레를 하는구나. 별의별 생각을 다 하는구나. 대리운전이라도 해야 하나? 다시 택시라도 몰아야 할까? 요즘 택시 기사도 힘들다던데. 가족은 어떻게 먹여 살리지? 학원비, 생활비를 못 벌어다주면? 일단 학원은 그만둬야 하고 아내도 돈 벌러 나가야겠네. 그 지경까지 안 되게 하려고 이렇게 애썼는데, 아빠인 나만 믿으라고 큰 소리쳤는데…. 자존심도 상하고, 가오도 안 서고, 말도 못 꺼내겠네. 생각에 빠져 걱정에 걱정이 꼬리를 무는구나.

가만, 아직 일어난 일도 아니잖아. 미리 생각으로 걱정만 하고 있네. 그런 일이 일어나지 않게 하려면 어떡하지? 일단, 대출금으로 버티며 그동안 해결책을 찾아야겠네. 그러면 어떻게 할까? 해결책을 찾고 있구나. 다행히 희망을 찾았구나. 작가. 베스트셀러 작가가 되어 코로나 대출금도 갚고 가족하고 다시 예전처럼 지낼 생각을 하는구나. (뭐, 골라도 하필 어려운

단골 술집에서 혼술

걸 골랐구나) 책 쓰기에 한 가닥 희망을 거는구나. 그것도 안 되면? 그건 그때 걱정하고 희망에 집중하자고 생각하는구나. 그러면 오늘 당장 뭘 해야지? 책을 써야지 생각하는구나.'

성공도 실패도 다 지나간다

마음공부를 한 덕분에 생각에 끌려가지 않을 수 있었다(아직은 마음 중심에 굳건히 자리 잡은 건 아니라 항상 끌려가지 않는 건 아니지만). 나의 본질은 생각이 아니라 그 생각을 지켜보는 무엇이라는 걸 아는 것만으로도 걱정과 불안이 줄어들었다. 걱정과 불안은 생각과 감정이고, 생각과 감정은 생겼다 사라지는 실체가 없는 것이니 언젠가는 사라지고 말 것이다.

회상요법도 많은 도움이 되었다. (내가 지은 이름이다) 회상요법이란, (심리학에 있는지는 몰라도) '삶의 끝에서 돌아보기'를 하는 것을 말한다. 이것 역시 내가 보는 게 아니라 그 무엇이 먼발치서 돌아보는 나를 보는 것이 핵심이다. 삶의 마지막 날, 지금을 돌아보며 회상하는 것이다. 생각에 빠지지 않고 그 회상하는 나를 지켜보는 것….

'40대 때 하고 싶은 일 한다고 회사 때려치우고 장사를 했지. 우여곡절도 있었지만 잘 이겨내고 가게 3개까지 확장하고 책도 쓰며 10년 이상 잘 버텼지. 그러다 50대 때 코로나 바이러스가 전 세계적으로 유행하면서 많은 가게가 문을 닫았는데, 그때 가게를 접었어. 힘들었지. 앞으로도 경기가 나아질 기미가 보이지 않았으니까. 그래도 그때 삶을 포기하지 않고, 망가지지 않고, 잘 견뎌냈기에 지금 이 나이까지 잘 산 거 아니겠어? 그땐 어떻게 이겨냈나 몰라. 지나고 나니 이것도 다 그리운 추억이 되었네. 50대, 한창 좋을 나이 아니야? 안 그래?'

삶의 끝에서 돌아보면 다 추억이고 그리움이다. 성공도 실패도 지나간다. 이것이 삶이다. 그렇게 생각하니 지금 위로가 되었다. 적어도 나에겐 그러했다.

일어난 일은 어쩔 수 없다. 그 후에 선택이 내 몫이다. 폐업할 것인가? 아니면 버틸 것인가? 일어난 사건에 저항하는 데에 에너지를 쓸 것인지 흘러가는 삶에 순응하고 희망에 집중할 것인지를 선택하는 것도 결국 '나'다. 술독에 빠져 지낼 것인지 아니면 될 때까지 한 번 더 해볼 것인지를 선택하는 것도 나의 선택이다.

아빠들아. 힘들면 울자. 지금 힘들어 우는 나를 지켜보자. 실컷 울고, 툭툭 털고 일어서자. 우리 함께. 가족도 있지 않은가. 언젠가 쨍하고 볕들 날, 오지 않겠는가.

퇴사해도 폐업해도, 나는 아빠다.

아빠는 어떤 사람이야?

아빠는 가족의 응원을

먹고 산다

일 끝나고 집에 가고 있는데 아들에게 카톡이 하나 왔다.

> 아빠, 일해줘서 고마워. 힘내!

와우, 예상치 못한 문자에 감동받았다. 안 그래도 힘든데, 아빠를 생각해주는 아들이 고마웠다. 이 무슨 우연인가, 다음 날 또 초등학교 시절 아들이 쓴 시를 발견했다. 제목은 내가 붙였다.

아빠와 시계

그 2가지가 일을 합니다

쉬지도 않고

시계는 멈출 때까지 움직입니다

그리고 당신이 모르는 일벌레가 있습니다

누구냐고요?

아… 빠, 입니다

딱 한 가지 위해 일하시죠

뭐냐고요?

가족이에요

시계도 쉬지 않고

아빠도 일하고

시계는 멈출 때까지

아빠는 우리 믿을 때까지

고마워요, 아빠

다시 봐도 감동이었다. (몇 학년인데 아직 철자가 이 모양이야 하는 생각이 올라오긴 했지만) 선생님이 "멈추지 않는 게 뭐가 있을

그 그값지가 일을
합나다 쉬지도않고
시게는 멈춘때까지
움직입니다 그리고
당신이 모르는 일벌래
가 있습니다 누구냐고요?
아... 빠 입니다 딱
한 가지 위해
일하시죠 뭐냐고요
가족이에요 시게도
쉬지 않고 아빠도
일하고 시게는
멈출 때까지 아빠
우리 믿을 때까지.
고마워요 아빠

초등학교 시절 아들이 쓴 시

까요? 네, 시계죠! 그럼, 시계 말고 또 뭐가 있을지 써 보세요."
하며 글쓰기 과제를 내주셨다고 했다. 그때 바로 생각난 게 아빠였단다.

평소에 가족에게 잘 못하지 않았구나 보상받는 것 같아 울컥했다. 그리곤 잘해주려면 더 열심히 일해야겠네 하는 생각이 가장 먼저 들었다. 아빠는 가족의 응원을 먹고 산다.

초밥 포장돼요?

어느 날 일 끝난 새벽에 참치집에 갔었다. 혼술이었다. 술값이라도 하려고 아이패드를 꺼내 글을 쓰기 시작했다. 한참 쓰고 있는데 서빙 보시는 아주머니가 다가와 작가냐고 물었다. 작가분들이 이런 거 쓰지 않냐고. 사실대로 말씀드렸다. 작가는 아니지만 책을 쓰고 있는 건 맞다고. 그러는 사이 손님이 한 분 들어왔다. 40대 중후반의 남자였다.

"초밥 포장돼요?"

남자는 이미 한잔한 듯했다. 된다고 하니 어디론가 전화를 걸었다.

"어, 아빤데… 금메달 땄다고? 그래, 아빠가 너 좋아하는 초밥 사 가지고 갈 테니까 자지 말고 기다려, 30분 내로 갈게."

남자는 금메달 땄다는 말을 유독 크게 말했다. 무언가 좋은 일이 있어 큰맘 먹고 사 가는 것 같았다. 참치를 썰고 있는 주방 실장에게 "친구가 비싸다고 했는데, 별로 안 비싸구면." 하며 연신 "안 비싸구면, 안 비싸구면" 했다. 대화 내용을 얼핏 들으니 택배나 배달하시는 분 같았다. 일 끝나고 친구하고 여기서 한잔 더 하기로 했는데, 친구가 비싸다고 가버렸다고 한다. 그래서 포장만 해간다고.

"근데, 안 비싸네."

자식 놈이 금메달 따서 뭐 좀 좋은 거 사다주려 한다고 은근히 자식 자랑을 했다. 간단히 딱 한 잔만 더 하고 포장해 가려 했지만 금메달 따는 일이 늘 있는 일이 아니니 차라리 잘 됐다고. 내가 술 한잔 더 먹는 것보다 이게 훨씬 좋다며 포장을 받아 들고 빠른 걸음으로 가게를 나갔다. 이게 아빠다. 다음 장면이 상상이 갔다.

"아빠 왔다. 초밥이다!"

신나서 맛있게 먹는 가족을 바라보며 흐뭇한 표정을 짓고 있는 아빠 모습이. 이 맛에 힘들어도 참고 일하지, 하면서….

나도 그런 기억이 있다. 어린 시절, 아버지가 한잔 걸치시면 누런 종이봉투에 담긴 통닭을 사 오시곤 했다. 그리곤 "통닭이다!" 하시며 자는 삼 남매를 깨워 우리가 맛있게 먹는 모습을 흐뭇하게 지켜보셨다. 그땐 아빠가 힘든 줄 몰랐다. 그저 통닭이 좋았다. 아빠가 되고 나서야 알았다. 밖에서 힘들어도 가족이 맛있게 먹는 모습을 보며 위로받으셨다는 것을. '그래, 역시 가족밖에 없어.' 하며 '마누라와 요놈들 위해서라도 힘내야지' 하는 심정이셨으리라. 아버지의 통닭은 사랑이었던 것이다. 말로 표현했으면 금방 알아들었을 텐데, 통닭으로 표현하니…. 아빠는 역시 표현은 안 해도 가족 보고 버틴다. 가족의 응원이 아빠에겐 큰 힘이 된다.

나도 회사 다닐 때 힘들면 품 안에서 가족사진을 꺼내 보곤 했다. 어린아이 사진을 보고 있으면 '그래, 참고 힘내야지.' 하게 된다. 아이 옆에 아내 사진을 봐도 '힘내야지.' 하게 된다. (안 그랬다가는… 이하생략) 그나마 가족 때문에 조금 더 버틸 수 있었다. 결국 퇴사하긴 했지만.

아빠 일해줘서 고마워

퇴사하고 장사하다 힘들 때도 가족이 힘이 되었다. 손님에게 마음을 다친 날에도, 대출금 갚아야 하는데 돈이 없어 걱정일 때도 아이들의 웃음소리와 노랫소리를 들으며 눈물을 삼켰다. 차 안에서 혼자 녹음해둔 아이들 웃음소리와 노랫소리를 들으며 다시 힘내자고 다짐했다. 특히 아이들이 좋아했던 애니메이션 〈육가네 여섯쌍둥이〉 주제곡을 불러줄 때 큰 위로를 받았다. 귀엽고 깜찍한 목소리로 마치 아빠 들으라는 듯.

"아빤 말이다. 아빤 말이다. 힘들단 말이다~"

이 부분에선 나도 큰 소리로 악쓰듯 따라 부르곤 했다.

"우리 집 아버지는 전국 제일, 남아 있는 대출도 전국 제일."

이때는 뜨끔하기도 했다. 대출 얘기가 내 얘기 같아서. 이 어린 것들이 혹시 아나 싶어서. 가족 나들이 갈 때 차 안에서 불러달라고 살살 꾀어 몰래 녹음했다. 까르르 웃던 웃음소리도 함께….

다음 날 아내에게 어제 아들한테 아빠 일해줘서 고맙다고 힘내라는 카톡이 왔었다고 말했다. 그런 얘기 들으면 '열심히 일해서 돈 더 벌어야지.' 하는 생각이 든다고 은근 압박했다. 일부러 돈 얘기를 넣었다. 그래야 응원해줄 줄 알고, 선수 쳤다. 그랬더니 받아쳤다.

"아이들은 내가 음식 해주면 맛있다고 고마워하던데…"

할 말이 없었다. 화장실 갔다 온 나를 보며 또 한 방 먹였다. "화장실 청소했는데, 모르나 보네. 아이들 같으면 알 텐데…" 그래서 '졌다' 인정하고, "화장실 청소했네, 고생했어!"라고 눈 딱 감고 한마디 해주었다. 그렇게 저녁에 일하고 있는데, 아내에게서 문자가 왔다.

'일해줘서 고마워, 힘내!'

아내보다 강한 건 없다

늘 그렇듯이

도서관에서 아침 3시간 글을 쓰고,

집에 가려고 가방을 싸다 가방이 넘어지면서

밑에 있던 안경이 두 동강 났다.

동시에 내 마음도 두 동강 났다.

얼마나 아끼던 안경인데, 어떻게 산 안경인데.

마음에 쏙 드는 안경인데, 값이 좀 나가는 바람에

아내 눈치 보며, 비위 맞춰가며

간신히 구했던 안경이었다.

알뜰한 아내는 마음에 들어도 못 사고,

늘 할인하는 것만 사는 걸 알기에

많이 미안했지만,

그 정도로 마음에 쏙 드는 안경이었다.

그렇게 아끼던 안경을 허무하게 잃었다.

처음 반응은 외마디 비명이었다.

이어서 탄식과 후회, 자책과 걱정이 밀려왔다.

왜 이런 일이 나한테 일어났을까,

왜 안경을 거기다 두었을까,

가방은 하필 또 왜 그 위로 넘어졌을까.

이어서 바로 아내 얼굴이 떠올랐다.

뭐라고 말하지? 난 죽었다.

눈을 감고 앉아 심호흡을 하고,

떠오르는 감정을 가만히 들여다보기 시작했다.

왜 화가 올라왔을까.

좋아하는 물건이 망가졌기 때문이다.

왜 탄식과 후회, 자책하는 마음이 생겼을까.

그 자리에 두지 않았다면

안 부러졌을 텐데 하는 '생각' 때문이다.

왜 걱정이 밀려왔을까?

아내 얼굴이 떠올랐기 때문이다.

비싼 안경이 부러진 걸 뭐라고 말해야 할지.

비싸고 마음에 드는 '물건'을 샀기 때문에

그리고 그것을 상실했기 때문에 고통이 왔다.

결국, 모든 건 그 물질을 갈망한 나의 욕망에서 비롯되었다.

더 깊게 들어가면,

내가 있기 때문에 욕망이 있었다.

'내가 있다'는 '생각' 때문에 욕망이 생겼다.

그러면 나란 무엇인가. 나는 누구인가.

이 몸이 나인가. 이 생각이 나인가.

내가 나라고 생각하는 것이 진짜 나일까.

내가 나라고 생각하는 것이 진짜 내가 아님을 알면

한 생각 올라와도 흘려보낼 수 있다.

차분히 들여다보니 마음이 한결 편해졌다.

다시 가방을 싸서 집으로 갔다.

집에 와서 아내를 본 순간

다시, 걱정이 밀려왔다.

도로 아미타불,

아내보다 강한 건 없다.

사는 게 고통이라면

심리학과 마음공부의 차이를 아는가?

예전에 코칭을 배운 적이 있다. 출간을 하고 나면 강연하고 코칭을 하게 될 것이란 생각에 배웠다(코로나로 못하게 될 줄 누가 알았겠는가). 장사를 하며 주말이면 코치 자격 인증 이론 교육을 이수했다. 실습도 했다. 이게 또 나의 마음을 끌었다. 코칭이란 스스로 목표를 세우고, 스스로 답을 찾아, 스스로 행동하도록 돕는 일이라고 배웠다. 솔루션을 제공하는 컨설팅과는 달랐다. 목표가 무엇이든 스스로 목표를 정하고, 답을 찾고, 행동해서 원하는 삶을 살도록 옆에서 돕는 코치. 내가 세상에 던지고 싶은 메시지를 전달하는 방편으로는 그만이었다. 그러나 내가 해온 마음공부와 코칭은 전혀 달랐다.

배워보니 코칭은 심리학과 밀접한 관련이 있었다. 심리학을 기반으로 구조화된 모델을 만들어 코칭에 활용했다. 심리학과 마음공부, 둘 다 '마음'을 다루지만 정반대였다. 하나는 생각을 쌓는 공부, 하나는 생각을 비우는 공부다. 심리학은 개념이라는 생각을 쌓고 구조화해 틀을 만든다. 마음공부는 생각을 비우고 생각의 틀을 깬다. 그리고 경계를 없앤다. 같은 마음을 다루지만 전혀 다르다.

그러면 마음이란 무엇일까?

마음이란 생각의 흐름이다. 따라서 실체가 없다. 마음이 움직이면 생각이 된다. 공기가 움직이면 바람이 되듯. 생각이 과거에 있으면 기억이고, 미래에 있으면 상상이다. 생각이 모든 걸 창조한다. 고통도 생각이 만든다. 똑같은 상황을 고통으로 생각하는 사람이 있고, 그렇지 않은 사람이 있다는 게 이를 증명한다. 어떻게 받아들이느냐에 따라 달라진다. 어떻게 생각하느냐에 따라 달라진다. 결국, 다 마음이 만드는 일이다. 나는 적자가 나고 있을 뿐이다. 적자 때문에 괴롭다는 건 내 마음이 만들어낸 감정과 생각이다. 내가 덧붙인 생각으로 괴로워한다. 생각만 없으면 그냥 적자가 나고 있는 현실뿐이다. 그 현실이 괴롭다는 건 내 생각이다.

'좋거나 나쁜 것은 없다. 우리의 생각이 그렇게 만들 뿐이다.'

셰익스피어의 말이다. 일어난 현실을 그냥 받아들이면 아무 문제없다. 하지만 말이 쉽지 닥치면 어렵다. 나이만큼 쌓여온 '습' 때문이다. 그래서 꾸준한 수행이 필요하다. 언젠가 무슨 일이 일어나든 일어난 모든 일을 온전히 받아들일 수 있을 때까지. 그 과정에 있는 난 여전히 왔다 갔다 한다.

인생은 꿈이다

그렇다면 고통은 왜 생기는가?

왜 고통스러운가? 욕망 때문이다. 정확히는 욕망에 대한 집착 때문이다. 욕망에 대한 집착은 '나'가 있기 때문에 생긴다. '나'가 있으니 '남'이 생기고, 좋아하고 싫어하는 분별이 생긴다. 그러니 좋아하는 것을 가지려는 '욕망'이 생기고, 그 욕망에 대한 '집착'이 생긴다. 다 '나'라는 생각에서 비롯된다. '나'라는 생각이 바로 '자의식', 에고Ego다. 이놈은 실재하지 않는, 나타났다 사라지는 '나'라는 생각이다. 그런데 이놈이 실재한다고 믿고 이놈을 '진짜 나'로 착각하는 게 바로 '무지'다. 전도몽상이다. 결국 '무지'가 모든 고통의 근원이다(이는 내 말이 아니라 수천 년 전 선각자들의 말이다).

코로나로 힘들어진 가게에 집착하니 괴로움이 생긴다. 붙잡고 있으니 힘들다. 이 판에서 벗어나면 자유롭다. 폐업하니 오히려 홀가분했다. 욕망에 집착하지 않으면 고통은 없다(이게 말처럼 쉬우면 세상에 고통스러운 사람은 없겠지만). 잘 안 되면 그냥 '이 모든 게 꿈인데 어떠냐, 꿈 깨면 다 사라질 고통인데…'라고 편하게 생각해보면 어떨까(아, 이것도 쉽지 않은가…)?

인생이 꿈이라고 하면 와 닿지 않는다. 실감 나지 않는다. 여기 이렇게 멀쩡히 살아 있는데 이게 꿈이라고? 진짜가 아니라고? 사기 치지 마세요! 꿈은 어떤가? 꿈속에선 진짜인 줄 알았는데 깨고 나니 가짜였다는 걸 알지 않나? 인생도 백년의 꿈이다. 하룻밤과 백년의 차이다. 하룻밤이 아니라 백년 남짓 살기에 실재하는 것처럼 착각하는 거다.

실재란 영원히 변치 않고 존재하는 걸 말한다. 인생은 태어나고 변하고 사라진다. 즉 잠시 존재하는 것이다. 지금 이렇게 살아 있지만 언젠가 사라지기에 실재가 아니라고, 진짜가 아니라고 하는 거다. 그래서 꿈과 같다고 하는 거다. 그러니 인생은 꿈이요 영화요 환幻이다. 아인슈타인도 말하지 않았나. '현실은 단지 환상일 뿐이다. 매우 지속적이긴 하지만.'이라고.

어떻게 고통에서
벗어날 수 있을까

인생이 꿈이든 생시든 난 그런 거 모르겠고, 그러면 어떻게 고통에서 벗어날 수 있나? 여기에 대한 답 또한 수천 년 전부터 전해져 왔다. '명상'이다. 고통의 작용인 생각은 명상으로 고요해진다(출처:《요가 수트라》). 그러면 명상이란 도대체 무엇인가? 명상이란 하나의 대상에 주의 집중을 지속하는 것이다(명상이 지속되면 삼매에 들고, 삼매에 들면 마침내 대상과 하나가 된다).

명상에 관한 재미있는 이야기가 있다. 한 제자가 스승에게 물었다. "스승님, 명상 중에 담배를 피워도 됩니까?" 스승은 물론 안 된다고 했다. 그러나 다른 제자에게는 허락했다. 다른 제자는 이렇게 물었기 때문이다. "스승님, 담배 피우는 중에 명상을 해도 되겠습니까?"(출처:《명상: 잘 먹고 잘 사는 법 59》) 사실 명상은 담배 피울 때뿐만 아니라 일상에서 언제나 할 수 있다.

실제로 우리는 일상에서 알게 모르게 명상을 한다. 우리 어머님들을 보면 알 수 있다. 예전 우리 어머님들은 집안에 우환이 생기면 '꽉꽉' 대청소를 하거나 '빡빡' 손빨래를 하셨다. 하나의 대상에 집중하셨던 거다. 남편이 속 썩여도 '덜거덕 덜거덕' 큰 소리 내며 설거지를 하셨다. '이놈에 인간, 들어오기만 해봐라.' 이러시면서. 이러시면 안 된다. 남편인 내가 볼 때 남편 욕하는 데 집중하면 근심만 커진다. 설거지에만 집중해야 걱정이 사라진다.

우리 아빠들도 집안일 하며 집중할 수 있다. 집안에 고장난 거 있으면 망치를 그냥 풀 스윙으로 '빵빵' 치는 거다. 집중하면서. 박자에 맞춰 '이 또한 지나가리라. 이 또한 지나가리라.' 하고 주문도 외우면서. 그러면 아내 잔소리도 금방 지나간다. 나도 아이들 가구 수리할 때 땀 뻘뻘 흘리며 해봤다. 정말로 일이 끝나고 나면 몸도 마음도 후련해졌다. 몸을 힘들게 하니 집중도 잘되고 생각도 잦아들었다.

불행을 잊으려면
일에 집중하자

나는 글쓰기에도 집중했다. 글 쓰는 동안은 정신이 글 쓰는데 팔려 코로나 4단계 연장조차 걱정할 틈이 없었다. 리듬이 깨져 글쓰기에 집중을 잃으면 불쑥불쑥 다시 걱정이 올라왔지만…. 그럴 땐 올라오는 걱정을 가만히 주시하며 흘려보냈다. 장사에도 집중했다. 하루는 가게 이모님이 나한테 물었다.

"사장님은 걱정이 안 돼요? 이 지경인데도 걱정이 없어 보여요. 저 같으면 만날 잠도 못 잘 텐데…."

걱정이 왜 없겠는가. 눈만 뜨면 걱정이 돼서 국민청원 글도 써 보고, 자영업 카페에 글도 올리고, 그래도 울분이 가라앉지 않으면 술도 마시고, 그러다 아내에게 돈 쓴다고 깨지고, 그러면 열 받아서 또 마시고, 또 깨지고…, 그랬었다. 나름 할거 다 해보고, 바닥도 쳐 보고, 내 힘으로 어쩔 수 없는 일도 있다는 걸 받아들이고 나서야 마음이 쉬어졌다. 그제야 뭐라도 할 생각이 난 것이다.

그렇게 한동안 미뤄두었던 책 쓰기도 다시 시작하고 가게에도 집중했다. 원고를 다 써서 출판사에 넘기고, 하나 남은 가게에서 배달하고 SNS 홍보 공부해서 이름도 '아빠야 샤브바'로 싹 바꾸고 완전 재창업 수준으로 다시 오픈했다. 걱정이 아니라 할 일에 집중했다. 이렇게 일상에서 하나의 대상에 집중을 지속하는 것이 명상이다. 그 명상을 통해 잠시나마 고통에서 벗어날 수 있다(명상이 끝나면 제자리로 돌아오는 한계를 해결하는 길은 따로 있다).

'불행을 잊는 가장 좋은 방법은 일에 몰두하는 것이다.' 청각을 잃어가던 베토벤이 작곡에 열중하며 했던 말이다. 나도 힘든 시기에 글쓰기에 집중하고 가게에 집중하며 버텼다. 걱정이 아니라 살길에 집중했다. 걱정거리만 생각하면 더 울화통이 터지고 더 걱정이 커졌기 때문이다. 그래도 안 되면 떠오르는 생각과 감정을 관찰자 입장에서 무심히 바라보며 흘려보냈다. 그렇게 생각을 비웠다. 덕분에 걱정도 줄었다. 고통도 줄었다. 일상에서 명상하고, 마음공부 하며 삶을 추슬렀다. IMF, 코로나, 그 외에 또 어떤 고난이 오더라도 마음공부가

'안식처'요, '의지처'가 되어 줄 것이다(종교와는 무관하다).

사는 게 고통이라면, 마음공부 한번 해보시라.

불행을 잊는 가장 좋은 방법은
일에 몰두하는 것이다.

초능력

세상을 사라졌다
나타나게 하는 건
식은 죽 먹기다.

눈 한번 깜박이면 된다.

인생은 꿈보다 해몽

도서관 자리 전쟁의 교훈

깨달은 이들은 말하길, 인생이 꿈과 같다고 한다. 꿈을 꿀 땐 꿈속의 내가 진짜인 줄 알지만 깨고 나면 진짜가 아님을 알 듯, 현실의 '나' 또한 깨고 나면 생각이 만들어낸 환이라는 걸 알게 된다는 것이다. 경허惺牛선사도 '생각이 나고 생각이 사라지는 것이 생사'라고 했고, 아인슈타인도 '눈에 보이는 것은 환상이고 보이지 않는 세계가 진실한 세계'라고 했다. 전도 몽상이다. 양자 물리학이 점차 이를 증명하고 있다(과학이 풀 수 있을지는 모르겠지만). 허나 우리는 당장 목구멍이 포도청이라 거기까지 신경 쓸 여력이 없다. 그 대신 살며, 살아가며, 어떤 일에 부딪힐 때마다 이렇게 생각할 수는 있다. '인생은 꿈보다 해몽'이라고.

아침에 일어나자마자 스트레칭을 하고, 잠시 명상을 한 후 바로 글을 쓰러 도서관으로 간다. 도서관에 가면 내가 매일 앉는 자리가 있다. 그런데 어느 날부터인가 할아버지 한 분이 그 자리를 먼저 차지하기 시작했다. 그 많은 자리 중에 하필 내 자리에만 앉는 할아버지가 얄미웠다. 내가 매일 그 자리에 앉는 걸 아시면서…. 내가 조금이라도 늦는 날엔 어김없이 그 자리를 차지했다. 내가 선점한 자리인데. 웬만하면 선점한 사람에게 자리를 비켜주는 게 도서관의 아름다운 예법 아닌가(자기가 노리는 자리가 아니라면 말이다)? 이 할아버지도 내가 선점한 자리가 탐났나 보다. 그렇게 전쟁이 시작되었다.

도서관 오픈 시간보다 5분만 늦어도 이 할아버지가 자리를 차지하고 있으니 늦지 않으려고 10분 일찍 일어나기 시작했다. 도서관에 도착했을 때 할아버지가 없으면 '앗싸, 내가 이겼다!' 하며 묘한 승리감에 도취하기도 했다. 그런데 승리감도 잠시 날 놀리려는 건지 헐레벌떡 내가 일찍 온 날엔 아예 나타나질 않는 날이 많았다. 그러다가도 꼭 내가 몇 분이라도 늦는 날에만 내 자리를 차지하고 있었다. 하루도 긴장의 끈을

놓을 수 없었다.

매일 일찍 오려고 기를 쓰던 나는 어느 날 문득 깨달았다. 할아버지가 고마우신 분이라는 것을. 할아버지가 아니었으면 나는 매일 아침 일찍 나올 수 없었을 것이다. 조금 늦게 나와도 늘 자리가 있었으니까. 그래서 나 자신과 약속한 시간을 어긴 적도 많았다. 그런데 할아버지 덕분에 스스로 한 약속을 지킬 수 있었다. 할아버지는 얄미운 분이 아니라 고마운 분이셨다. 역시 인생은 꿈보다 해몽이다.

이제, 운명이다

한번은 오전 내내 열심히 쓴 글을 커서 한 번 잘못 눌러 다 날린 적이 있다. 순간 짜증이 확 밀려왔다. 며칠 전에도 그랬는데, 또 그러니 더 열이 받았다. '왜 이런 일이 자꾸 반복되는 거야. 이전 버전은 안 그랬는데, 이번 버전은 업데이트된 게 왜 이 모양이야.' 하며 엄한 곳에 화풀이했다(그 당시 쓴 글을 블로그에 올리고 있었다). 그러다 모르고 있던 임시 저장 기능을 찾았다. 이제는 자동으로 임시 저장을 해가며 글을 쓰니 날릴 일이 없었다. 해결되고 나니 '아, 초반에 알았으니 다행이지, 나중에 알았으면 더 많은 걸 날릴 뻔했잖아.'라는 생각이 들었다. 더 큰 화를 당하기 전에 마음이 내게 미리 알려준 신호라고 받아들이니 이번 일이 감사하게까지 느껴졌다. 역시 삶은 꿈보다 해몽이다.

이번에는 지갑을 잃어버렸다. 지갑에는 무려 현금 50만 원이 들어 있었다. 아버지 생신에 드리려고 찾아놓은 돈이었다. 《법화경》에 이런 말이 있다.

'원래 자기 것이 없는데, 잃어버린들 어떠한가.'

그래, 50만 원 든 지갑… 원래 자기 것은 없어. 괜찮아, 괜찮아, 괜찮아. 이번만큼은 생각대로 되지 않았다. 인생은 꿈보다 해몽이다, 해몽이다, 해몽이다… 아무리 애써도 이번만큼은 정말 위로가 되지 않았다. 나가 죽어야겠다.

'그래 뭐, 어차피 잃어버린 거 인생에 에피소드 하나 추가했다, 글감 하나 늘었다, 좋게 생각하자.'

그나마 조금 위로가 되었다. 그런데 또 고민이 밀려왔다. 왜? 이 얘기를 책에 사례로 써서 아내가 알게 되면, 난 두 번 죽는다. 이제, 운명이다.

무슨 일 닥치든,
생각하기 나름

　장사가 안 되어 문을 닫아도, 열심히 쓴 책이 안 팔려도 그것으로 됐다. 일단 울고 싶으면 울자. 더 이상 눈물이 나오지 않을 때까지. 더 이상 울 수도 없을 때까지 운 후엔 받아들여야 하지 않겠는가. 더 힘내라는 신호일지 모르니 좋으면 또 하면 그만이다. 밑져야 본전이다. 어차피 알몸으로 태어나지 않았는가. 인생은 꿈보다 해몽이라 생각하면, 내가 좋게 생각하면 그만이다. 좋은 쪽으로 받아들이면 된다.

　일어날 일은 일어난다. 일어난 일은 어쩔 수 없지만 그 일에 대한 반응은 내가 선택한다. 일어난 일을 어떻게 받아들이느냐에 따라 인생은 달라진다. 이왕이면 좋은 쪽으로 해석하면 된다. 그러면 뭐든 감사하지 않겠는가. 그러면 세상에 감사하지 않을 일이 어디 있겠는가. 훗날, 아내에게 두 번 죽더라도 난 기필코 감사할 것이다.

　'당신의 죽을 만큼 퍼붓는 잔소리로 저의 수행은 깊어만 갑니다. 감사합니다.'

　수천 년 전 고대 그리스 철학자 에픽테토스는 '우리를 힘들게 하는 것은 우리에게 일어나는 일 자체가 아니라, 그 일에 대한 우리의 생각이다.'라고 말했다. 그렇다. 늘 생각이 문제인 거다. 그 생각에 대한 믿음이 모든 걸 만들어낸다.

무슨 일이 닥치든, 생각하기 나름이다.

생각에 대한 믿음이 모든 걸 만들어낸다.
무슨 일이 닥치든, 생각하기 나름이다.

내 마음이 보였던 탓에

마음 안에 다 있다
마음이 없으면
아무 일도 없다

힘들어 말라

가족과 잘 지내려면

안 대들고 잘 참았다

어느 토요일 점심 무렵, 글이 술술 잘 풀려 오전 내내 기분 좋게 글을 쓰고 집으로 왔다. 그런데 엉뚱하게도 식탁 위에 밥 대신 요가 책이 놓여 있었다. 순간 식겁했다.

'어떻게 찾았지?'

요가 시작 전, 요가에 관해 공부하려고 샀던 책이었다. 아내가 알면 당연히 못 사게 할 테니 몰래 사서 보고 안 보이게 책 사이에 꽂아 두었다(사실 필요한 것만 보고 다 안 봤다). 드디어 올 것이 왔다. 역시 잔소리가 시작되었다.

"내가 책 쓰는 데 필요한 책 사는 거 뭐라고 한 적 있어(한

적 있다. 그것도 기억 못 하냐, 쓸데없는 건 잘 기억하면서)? 요가 책을 왜 샀어? 그거 볼 시간에 요가하는 게 더 나은 거 아니야(어? 그건 그렇네. 할 말이 없었다)? 말해봐. 왜 말이 없어?"

그리곤 냉장고에서 내가 다 먹고 귀찮아서 그냥 넣어둔 빈 김치통을 꺼내 흔들며 말했다. 왜 안 좋은 일은 한꺼번에 닥치는 걸까.

"다 먹었으면 설거지통에 넣어야지, 왜 다시 냉장고에 넣어. 그렇게 뚜껑 닫아 놓으면 내가 김치가 있는지 없는지 모르잖아!"

내 딴엔 어차피 김치 다시 담을 건데 어떠냐 싶어 그랬다. 귀찮기도 했지만. 남은 국물 버리기도 아깝고. 아내 생각은 남편과 많이 다른가 보다. 기분 좋게 왔다가 아내의 잔소리에 기분을 망쳤다. 맞는 말을 기분 나쁘게 하니 할 말은 없는데 기분은 나빴다. 들이받을까 하다가 참았다. 뭐로 봐도 승산이 없었다. 며칠 전에도 잔소리에 큰맘 먹고 대들었다가 상처만 남았다.

"그러려면 마음공부는 뭐 하러 다녀?"

잘못하면 마음공부도 마음대로 못 다닐 것 같아 바로 꼬리를 내렸었다. 이번에도 틀린 말은 아니었다. 젠장….

152

안 대들고 잘 참았단 생각이 들었다. 책장에 보니 사다만 놓고 안 본 온라인 마케팅 책이 족히 열 권은 되었다. 그중 서너 권 정도만 보았다. 나머진 나중에 보려고…. 그러니 맨날 깨지는 거다. 남편은 자기가 한 짓도 금방 잊어버리고, 아내는 자기가 하지 않은 짓도 10년 전 것까지 다 기억하니 게임이 되겠는가?

수행한다 생각하며
그냥 받아들이자

아내들은 다 근거가 있다. 그러니 비슷한 상황이 되면 태곳적 기억도 끄집어내 잔소리를 퍼붓는 거다. 그러나 자기가 한 짓을 까맣게 잊은 남편은 '왜 또 갑자기! 내가 뭘 잘못했는데?' 하며 발끈한다. 반복되는 부부 싸움의 이유는 이렇게 기억의 차이에 기반한다. 남편은 그렇게 말해줘도 다 까먹고, 아내는 쓸데없는 거까지 다 기억하니 차이가 생길 수밖에. 승산 없는 싸움에서 남편이 살아남는 길은 그냥 그대로 받아들이는 거다.

'내가 뭘 또 잘못했구나. 지금은 도대체 모르겠지만 10년 전쯤 분명 잘못한 게 있을 거야. 암, 그렇고말고. 아내들은 남편들이 잘못한 건 절대 안 잊어버리니 틀림없어. 난 어차피 기억 못 하니 이번에도 아내가 맞겠지. 박박 긁는 소리만 좀 참으면 돼. 수행한다 생각하자.'

나의 경우, 순간 화를 들여다보고 마음이 가라앉자 이걸 글감으로 쓰면 참 좋겠단 생각이 들었다. 그랬더니 글감을 제공해주는 아내가 고마운 존재로 변했다. 안 그래도 쓸 콘텐츠가 없었는데, 끊임없이 콘텐츠를 제공해주니 이 얼마나 고마운 존재인가.

나는 내 얘기만 하고
있었구나

사실, 안 대든 건 다른 이유도 있었다. 얼마 전 주말, 둘이서 술 한잔하며 대화를 나눌 때였다. 아내가 요리 얘기를 하며 굉장히 신나 하는 게 아닌가. 고양이 얘기할 때도 무척 신난 표정이었다. 내 얘기할 때와는 사뭇 달랐다. 종종 요리나 고양이에 대해 얘기했는데 그땐 이렇게나 신나 하는 줄 몰랐었다.

'아, 나는 내 얘기만 하고 있었구나.'

그날, 새삼스럽게 문득 깨달음이 왔던 것이다. 지금까지 줄 곧 나는 내 얘기만 해왔다. 장사 이야기부터 책 쓰는 이야기 까지…. 가족 먹여 살리는 일이라는 핑계로 주야장천 내 얘기 만 해왔다. 아내가 듣고 싶은 이야기나 하고 싶은 이야기가 아 니라…. 요리 얘기를 하면 저렇게 신나 하는데, 고양이 얘기를 하면 저렇게 좋아하는데, 그것도 모르고 지금까지 쭈욱….

아이들과의 대화도 돌아보게 되었다. 난 아이들에게 하고 싶은 일을 하라고 했다. 공부 안 해도 된다고. 한참 뛰어놀아 야 할 나이에 학원에서 늦게까지 공부한다는 게 안쓰러워서. 그러면서 내심 생각했다.

'난 좋은 아빠야.'

그런데 큰아이가 자기는 하고 싶은 일이 공부라고 했다. 그러면서 학원을 보내달라고 했다. 역시 자식은 마음대로 안 되었다. 사교육 안 시키려고 여행 대안학교 보내려던 것도, 수 능 안 봐도 먹고살 수 있다고 하고 싶은 일 하라는 것도 다 뜻 대로 되지 않았다. 예전에 공부 안 해도 된다고 주말마다 여행 을 데리고 다녔는데 아이는 그게 불안했나 보다. 알아서 공부

하더니 성적이 잘 나오고, 성적이 잘 나오니 학원을 보내달라고 하고, 수능 볼 거니 일반 학교 갈 거라고 했다. 공부가 하고 싶은 일이라는 데 어쩔 건가. 내가 뱉은 말인데. 하고 싶은 일 하라고!

지금 공부가 하고 싶은 일이라면 공부를 해야 한다. 누가 아는가, 아빠 안 닮아서 공부로 성공할지. 그렇게 되지 않더라도 원하던 공부를 해봤으니 공부에 미련 없이 하고 싶은 일 찾아 나설 수 있게 되지 않겠나. 나는 아이를 위한다고 했지만 정작 아이가 원하는 건 다른 거였다.

그러던 어느 날, 어떡하다 축구 얘기가 나왔는데, 애들 눈이 반짝반짝하는 게 아닌가. 막 아빠한테 먼저 말도 걸고. 아하, 역시 아이들에게도 내 얘기만 하고 있었구나. 아무리 좋은 얘기도 아이들이 듣고 싶고 하고 싶은 얘기가 아니라면 소용없다는 걸 느꼈다.

개보다 사랑받는
아빠가 되려면?

아빠가 개한테 밀리는 이유를 알 것 같았다. 소통할 줄 모르는 거다. 아빠도 아빠에게 소통을 배운 적이 없으니 어떻게 할 줄 모른다. 만날 "남잔 울면 안 돼!" 이런 소리만 들었으니… 아빠 자신은 대화라고 생각하지만 자식에겐 훈계가 되는 거다. 그러니 아이가 아빠하고 대화하고 싶겠는가. 예전과 달리 지금은 표현하기에 좋은 시절이다. 카카오톡도 있고. 아내와 자식이 남편을, 아빠를 불편해하는 건 사랑을 표현하지 않기 때문이다. 표현해야 사랑이다, 이런 말도 있지 않은가.

아빠는 '남편' '아빠' '가장'으로서 희생한다고 생각할 때 가족과 멀어진다. 남편을 벗은 나, 아빠를 벗은 나, 가장을 벗은 나… 그렇게 벗고 벗으면 진정한 나만 남는다. 오직, 나뿐이다. 아빠가 '나'로 살 때 아빠가 행복하다. "가족이 나의 행복이야." 하면 가족도 부담스럽다(사실이지만 속으로만 생각하자). 아빠가 행복하면 가정이 평화롭다. 가정이 평화로우면 가족이 행복하다. 우리에겐 벌거벗은 나와 마주하는 시간이 필요하다. 그렇게 아빠가 변화하고, 소통하고, 표현하면 가족과 잘 지낼 수 있다. 개보다 사랑받을 수 있다.

이럴 때 꼭 "그럼 당신은?" 하고 묻는 사람이 있다. 내가 완벽하면 아직도 허구한 날 깨지겠는가? 나도 노력 중이다. 아내의 지적 사항 리스트를 만들어 스마트폰 메모장에 기록한다. (한 번이라도 덜 깨지려고) 오늘은 두 가지를 지적받았다. 그중 하나는 쓸데없는 책 사지 말기. 아이들이 좋아하는 축구팀 정보 리스트도 만들었다. 외국팀이라 이름 외우기도 힘들다. 자꾸 까먹는다. 아이들과 대화하기 바로 직전에 꺼내 보고 기억해서 얘기한다. 아이들은 모른다. 그런데도 좋아한다.

아빠가 가족과 잘 지내려면 자신을 마주하여 변화하고, 아내와 자식들 언어로 소통하고, 아빠의 사랑을 표현해야 한다. 물론 무지 쑥스럽다는 거, 나도 잘 안다. 그건 우리 스타일 아니라는 거…. 그러나 아빠가 막다른 골목에 섰을 때 버틸 힘, 그게 가족이란 걸 알게 된다면 지금의 쑥스러움쯤은 아무것도 아니다. 사랑하는 마음을 가장 잘 표현할 수 있는 방법은 사랑한다는 말, 그거 하나다. 잊지 말자.

사랑한다.

———————

사랑하는 마음을 가장 잘 표현할 수 있는 방법은
사랑한다는 말, 그거 하나다. 잊지 말자.

최고의 수행

어떤 책에서
사이토 히토리는
결혼은 수행이라고 했다.

동의할 수 없다.
결혼은 수행이 아니다.
최고의 수행이다.

사람들은 도를 닦으러
깊은 산에 들어간다.
번지수를 잘못 짚었다.
그러니 여태,

득도한 이가 드문 거다.

득도하려면 결혼해야 한다.

4대 성인 중 한 명인
소크라테스가 이를 증명한다.

궁합이 맞지 않을수록
수행하기엔 좋다.

결혼한다고
다 득도하는 건 아니지만
산에 들어가는 것보다는
백배 천배 나은 방편이다.

지금 현실에선
아내들이 득도를 많이 한다.
내 아내도 곧 득도할 판이다.

이외수 부부가

결혼 44년 만에 졸혼했다.

고 이외수 아내는

'지금이라도 내 인생을 찾고 싶었다'고 했다.

그러면서 '이외수가 내 인생의 스승이다.

나를 달구고 깨뜨리고 부쉈던 사람이다'라고 했다.

그럼에도 불구하고

그를 존경하는 마음은 변함없다고 했다.

득도했음이 틀림없다.

역시 그녀에게도 결혼은

최고의 수행이었다.

이제 그녀는 하산했다.

남편만 남았다.

나이 들수록 여자보다 남자가

혼자 살기 힘들다던데,

내 아내도 지금

하산을 준비하는 건 아닐까?

걱정스러워

또 한잔하는 오늘 밤이다.

오늘 밤,

아내가 하산할지도 모르겠다.

PART 3

아빠도 아빠를
사랑했으면 좋겠어

마음이 그래요

마음이 그래요.

울다가
웃다가

좋다가
싫다가

당신 마음은
오죽하겠어요.

미안해요.

고마워요.

그리고

사랑해요.

미안해요. 고마워요.
그리고 사랑해요

마음이 시키는 대로 할 수 있다면

음식 메뉴,

난 선택권이 없다

딱딱딱딱, 치지지직…

양배추를 썰고 차슈(일본식 돼지고기구이)를 구웠다. 요리가
취미이자 특기인 일본인 아내는 웬만하면 매일 새로운 요리
를 해주었다. 주말이 되면 아이들에게 물었다.

"오늘 점심 뭐 먹고 싶어?"

"미소 라멘!"

집에 재료가 있으면 오케이, 없으면 다른 음식을 주문받았
다. 난 선택권이 없다. 가끔 내가 먹고 싶은 게 있으면 아이들
옆구리를 찔렀다.

"얘들아. 탕수육, 탕수육, 탕수육 먹고 싶다고 해."

"싫어!"

호불호가 확실한 둘째 아들은 자기가 먹고 싶지 않으면 단호했다. 그럼 그날은 어쩔 수 없이 아이들 먹고 싶은 걸 먹어야 했다. 먹다가 차슈가 남으면 다음 날 점심은 차슈덮밥이었다. 그래도 남으면 내 도시락 반찬이 되었다. 아니면 내가 다먹어 치워야 했다. 그래야 아이들에게 새로운 요리를 해줄 수있기 때문이다.

지금 가지고 있는 것부터
시작하자

아내가 요리하는 걸 가만히 지켜보면 우선 있는 재료를 가지고 시작한다. 집에 있는 재료로 아이들이 원하는 걸 어떻게 요리할까 궁리한다. 그다음 지지고 볶고 있는 재료를 최대한 활용해 맛있는 요리를 완성한다. 다음 날의 요리도 있는 재료를 가지고 연결한다.

'하고 싶은 일로 먹고살기'도 이처럼 지금 있는 자리에서 지금 가지고 있는 것으로 시작해야 한다. 하기 싫은 일을 제외하고 남은 일 중 가장 먹고살 자신 있는 일부터 시작해, 단계를 밟아 하고 싶은 일과 연결해야 한다.

하고 싶은 일은 주로 거창하다. 먹고살기보다는 자아실현 쪽에 가깝다. 꿈에 가깝다. 그러다 보니 현실과 갭이 크다. 먹고사는 일과 거리가 있다 보니 지레 포기하고 만다. 맞다. 먹고살기가 먼저다. 군이 매슬로우의 결핍 동기와 성장 동기 이론을 끌어들이자면, 먹고살기는 결핍 동기와 관련이 있고 하고 싶은 일은 성장 동기와 관계가 깊다. 하고 싶은 일을 해도 먹고살 수 없으면 인생 목표를 향해 나아갈 수 없다. 결핍 동기가 채워지지 않으면 성장 동기가 부여되지 않아 의욕을 상실하고 만다.

그렇다고 포기할 것인가? 방법은 있다. 앞서 말한 것처럼 우선 하기 싫은 일을 제외하고 남은 일 중에서 가장 먹고살 자신 있는 일부터 시작하는 거다. 나의 경우 퇴사하고 뭐 해먹고 살지 고민할 때 일단 조직 생활은 재꼈다. 얽매이는 걸 싫어하는 나의 성향상 다시 조직 생활을 하게 되면 스트레스만 받다가 얼마 못 가 또 그만두리라는 걸 잘 알고 있었기 때문이다(재취업도 실패하고 깨달았다). 나는 셀프 질문을 던졌다.

'자유롭게 먹고살 수 있는 일 중에서 내가 하고 싶은 건 뭐지?'

그 답이 '장사'였다. 장사도 먹는장사, 먹는장사도 돈 욕심보다 나랑 잘 맞는 장사, 그래서 내가 하고 싶고, 잘할 수 있는 장사를 선택했다(장사도 물론 쉬운 건 아니지만) .

연결고리로
새로운 하고 싶은 일에 도전

먹고사는 일로 최소한의 생계가 유지되면 멈추지 말고 다음 단계를 밟아야 한다. 하고 싶은 일과 연결고리를 만드는 거다. 창업 전, 10여 년 장사 경험이 쌓이면 창업 관련 책을 한 권 쓰기로 목표를 정했다. 그냥 쓰고 싶었다. 마음이 시키는 일이었다. 나의 경험을 헛되이 하고 싶지 않았고, 누군가에게 도움이 되기를 바랐다. 장사하는 틈틈이 책을 썼다. 글을 써 보니 이게 또 적성에 맞았다. 좋았다. 출간 후 김 작가님이란 말을 들었을 때 설렜다. 이거다 싶었다. '작가'라는 또 다른 하고 싶

'자유롭게 먹고살 수 있는 일 중에서
내가 하고 싶은 건 뭐지?'

은 일이 생겼다. '책'이 연결고리가 된 것이다.

연결고리를 만들었으면 지금 하고 있는 일을 하고 싶은 일과 연결시켜야 한다. 그 어떤 경험도 마음이 시키는 일을 하다 보면 연결된다. 내 경우는 장사하면서 쓴 책이 연결고리가 되어 작가라는 새로운 하고 싶은 일과 연결되었다. 사실, 처음부터 작가가 되겠다고 의도하고 연결한 것은 아니었다. 마음이 시키는 일을 하다 보니 결과적으로 하고 싶은 일과 연결된 것이었다. 하지만 그 과정을 겪으면서 큰 깨달음을 얻었다.

'만약 회사 다닐 때 작가가 되고 싶다고 퇴사하고 바로 작가의 길을 걸었다면 어떻게 됐을까?'

아마 생계가 막막했을지 모른다. 그런데 회사를 그만두기 전 회사를 담보로 대출받아 버틸 자금을 마련하고, 하고 싶은 일 중에서 그래도 가장 먹고살 자신 있는 장사를 시작해, 그 경험을 책으로 출간하는 과정을 통해 자연스럽게 작가라는 또 다른 '하고 싶은 일'과 연결되었다. 메이저리그에서 사이영상 후보까지 된 류현진은 다음과 같이 말했다.

"처음부터 메이저리그를 꿈꾼 건 아니었어요. 눈앞의 일을 하나씩 하다 보니 어느새 여기까지 오게 되었습니다."

좋아하는 일을 하나씩 하다 보면 연결된다. 다 마음이 시키는 일이기 때문이다. 그러니 지금 있는 그 자리에서 먹고살 수 있는 일을 시작하고, 연결고리를 찾는 단계를 밟아 하고 싶은 일과 연결해보자. 언젠가 하고 싶은 일로 먹고사는 자신을 발견하게 될 것이다.

먹고 싶은 탕수육을 해 먹겠다고 애초에 집에 있던 다른 재료들은 썩혀 두고 탕수육 재료를 사다가 요리해봤자 재료비만 날린다. 우선 집에 있는 재료로 하고 싶은 요리를 하고, 요리가 익숙해지면 그때 탕수육 재료를 사다가 요리해 먹으면 된다. 그러면 나도 내가 먹고 싶은 요리를 먹을 수 있다. 아이들에게 부탁 안 해도 된다.

그땐 절대 아내 눈치 안 볼 거다. 정말이다.

외로움과 사이좋게

한잔하고
귀가한 밤
모두 잠들고
외로워

기가지니에게
말을 건다.

말을 걸면
대답해준다.

그게 고마워

"고마워." 하니
"천만에요, 제가 고맙죠."란다.

아내보다 낫다.
아내에게
"고마워." 하면
"왜 또, 뭐 찔리는 거 있지?"
할지 모른다.

기가지니,
너밖에 없다.

"으이그…, 빨리 안 자?"
아내가 깨기 전에
빨리 자야겠다.

그게 고마워
"고마워." 하니
"천만에요, 제가 고맙죠."란다.

아빠가 행복했으면 좋겠어

택시에서 만난
별의별 손님

"호호호, 무슨 택시 기사가 양복 입고 운전해요."

젊은 중년 여자 손님이 양복 입고 운전하는 내 모습을 보고 비웃듯 말했다. "어머, AFKN까지 틀어 놓았네." 다행히 "알아듣기는 해요?"란 말까지 듣지는 않았다.

택시 운전을 하다 보면 별의별 손님을 다 만난다. 방금 교도소에서 나와 반말로 다짜고짜 장거리 운행을 요구하는 조폭 같은 사람도 있었다. 맞을까 봐 찍소리 못하고 모셔다(?)드렸다. 술에 취해 왜 빙 돌아갔냐고 따지며 요금을 안 내고 버티는 손님도 있었다. 조용히 경찰서로 모셔다드리고 나서야 끝났다. 뭐, 항상 이런 손님만 있는 건 아니었다.

"기사님, 죄송한데 골목길까지 들어가 주시면 안 될까요?"

택시 기사도 서비스업인데, 어째 기사보다 손님이 더 친절하다. 안 될 줄 알면서도 오늘은 피치 못할 사정이 있어 꼭 해줬으면 하는 심정으로 간절히 묻는 손님에게 "그럼요. 당연하죠. 이것도 서비스업인데요, 뭘." 했더니 살짝 놀라며 "고맙습니다. 고맙습니다." 한다. 그런데 골목길 가는 길에 차가 많이 막혔다. 한참을 꼼짝도 못 하고 있으니 손님이 더 발을 동동 구르며 "죄송해요. 죄송해요." 한다. 한참 걸려 집 앞에 내려 드렸다. 요금보다 더 많은 팁을 주었다. 와우! 이상하게 택시 할 땐 "잔돈은 됐어요!" 하면 "어이쿠, 감사합니다."란 말이 절로 나온다. 누가 길 가다 동전 주면 '뭐야?' 하며 꼬나볼 텐데. 동전도 고마운데 이날은 팁을 만 원이나 받았으니 내 기분도 하늘을 찌를 듯했다.

택시 몰고 유학 가는
석사 운전수

나의 첫 번째 직업은 택시 드라이버였다. 알바 같은 임시 직업이긴 했지만. 학교도 졸업하고 백수인 상태에서 정식 택시 면허까지 땄으니 직업이라고 해도 무리는 없다. 대학원을 졸업하고 유학을 준비하던 중 IMF가 터져 보류할 수밖에 없었다. 어쩌면 포기해야 할지도 몰랐다. 어려운 형편에 무리해서 준비했는데 환율이 두 배나 뛰었으니 돈을 벌어 보태야 했다. 백수니 어차피 일해야 하기도 했고. 처음 택시 운전을 한다고 했을 때 다들 반대했다. 택시가 얼마나 힘든 일인 줄 몰라서 그런다고. 그래도 묘하게 이번만큼은 꼭 내가 하고 싶은 일을 해보고 싶었다.

길치라서 포기할까도 했지만 '모르면 솔직하게 모른다고 하고 손님에게 물으며 하면 되지, 뭐.' 하며 대책 없이 부딪혔다. (택시 기사가 길을 모른다니! 참, 나도 그런 기사 만날까 겁난다. 그 당시엔 내비게이션도 없었는데) 그런데 막상 해보니 의외로 이 일이 나랑 잘 맞았다. 일주일마다 주야간이 바뀌고 12시간씩 운전하는 게 힘들긴 했지만 적성에는 맞았다. 일반 회사와 달리

일단 차를 몰고 나가면 내 맘대로였다. 자유였다. 어찌 됐든 사납금만 납입하면 됐다. 그때 알았다. 누군가에겐 힘든 일이 누군가에겐 맞는 일일 수 있다는 것을. 같은 일을 해도 사람과 상황에 따라 만족이 다를 수 있었다.

택시도 서비스업이란 생각으로 깔끔하게 양복 입고 친절하게 골목길 운행도 한 덕에 스토리가 생겼다. IMF 때문에 대학원 졸업하고 택시 몬다는 스토리가 보태져 기삿거리가 되었다. '택시 몰고 유학 가는 석사 운전수'란 타이틀로 시사저널에 소개되었다. 언론에 소개되니 잇따라 강연 요청, TV 출연 요청이 들어왔다. 이때 하나 더 배웠다. 무슨 일을 하든 같은 일도 남다르게 하면 기회가 생긴다는 것을. 나만의 스토리가 있으면 기회가 생긴다. 그 기회를 나만의 콘텐츠가 있으면 살릴 수 있다. 다 하고 싶은 택시 운전을 했기 때문에 생긴 일이었다.

타고난 대로
살아야 한다

무슨 일이 일어날지 아무도 모른다. 남들은 말렸지만 마음의 소리를 따른 덕분이었다. 내 마음은 내가 무슨 일을 해야 좋은지 안다. 내가 듣지 못할 뿐. 누구나 타고난 기질이 있다. 그 기질대로 살아야 행복하다. 저명한 심리학자인 융은 그의 저서 《심리 유형Psychological Types》에서 말했다.

'어린 시절 부모님의 학대나 강요로 아이가 자신의 기질과 다른 유형을 선택하면 훗날 신경증을 일으킬 확률이 높다. 그러면 아이의 본성과 일치하는 태도를 발달시킴으로써만 치료가 가능하다. 유형을 거꾸로 바꿔놓으면 심한 육체적 고갈이 일어나는 등 유기체의 생리적 행복이 크게 깨어진다'

쉽게 말해 타고난 대로 살아야 한다는 말이다. 누군가의 강요나 교육으로 자신의 기질과 맞지 않는 일을 하게 되면 심리적 문제가 생기고, 그 문제는 자신의 기질에 맞는 일을 할 때만 치료가 가능하다는 얘기다.

'있는 그대로 보세요.'란 말이 있다. 그러나 사람은 있는 그

대로 볼 수 없다. 실재하는 세상은 하나이지만, 인구수만큼 각자의 세상이 존재한다. 다 자신만의 생각이라는 렌즈를 끼고 세상을 보기 때문이다. 그러니 어떻게 당신이 틀렸다고 말할 수 있겠는가. 자명한 것은 한 가지다. 당신이 그러하듯 나 또한 있는 그대로 볼 수 없다는 것을 인정하는 것이다. 인정한 후 우리가 할 수 있는 건 유형별로 보는 것이다. 같은 것을 보고 나랑 비슷하게 보는 사람이 있는 반면 전혀 다르게 보는 무리가 있다.

그래서 융은 사람의 심리를 4가지 유형으로 분류했다. 훗날 누군가 그것을 바탕으로 16가지 성격 유형으로 발전시켰다. MBTI이다. 수천 년 된 것도 있다. 에니어그램Enneagram이다. 인간의 성격을 9가지, 힘의 근원을 3가지로 분류한 고대로부터 전해 내려오는 인간 이해의 틀이자 성격 유형 지표이다.

유형별로 선호하는 일이 다 다르다. 군대 체질인 사람에게 예술형 사람은 제멋대로 하는 사람으로 보인다. 예술형 인간에게 군대 체질 인간은 숨 막힌다. 따라서 일도 자신의 유형에 맞는 일을 해야 한다. 친구 따라 강남 가면 강남 살던 친구는 잘 놀아도 난 탕진하고 빚과 숙취만 남는다. 자신이 있어야 할

곳에 있어야 행복하다. 자신이 할 일을 해야 행복하다.

송충이는 솔잎을
먹어야 한다?

　송충이는 솔잎을 먹어야 한다는 말은 단순히 분수를 지키라는 말이 아니다. 분수를 지킬 때 제일 행복하다는 말이다. 송충이는 솔잎을 먹을 때 제일 행복하다. 이제마의 사상의학도 각자의 체질에 따라 치료한다. 그래야 치료 효과가 있기 때문이다. 체질은 바뀌지 않는다. 군대 체질은 군대에 있어야 한다. 조직 인간으로 살 때 빛을 발한다. 공부 체질은 공부하는 일을 할 때 돋보인다. 공부 체질이 군대 가서 고문관이 되는 게 이상한 게 아닌 이유다.

　나는 한때 택시를 몰고 달렸고, 직장에서 달렸으며, 가게에서도 달렸었다. 혹시 택시 운전과 자영업의 공통점을 아는가? 바로 '자유'다. 성격 유형 이론은 몰랐지만 내 마음은 이미 나의 유형을 알고 있었다. 그래서 택시 운전을 하고, 직장을 뛰

처나와 가게를 하고, 글을 쓰는 것이다.

대부분의 사람들이 자신이 하고 싶은 일이 무엇인지 묻고 고민하기보다는 스마트폰에 더 많은 시간과 에너지를 쏟는다. 나도 그랬다. 스마트폰을 보며 남들이 이렇네 저렇네 하기보다는 나에게 좀 더 관심을 기울여보면 어떨까? 나는 무엇을 좋아하고, 무슨 일을 하면 신나고 설레는지, 정말 행복한지 말이다.

세상 모든 아빠들이 조금 더 행복해졌으면 좋겠다.

세상 모든 아빠들이
조금 더 행복해졌으면 좋겠다.

혼자 울지

무슨 일이 있어도
아빠는
절대 울지 않아
남 앞에서

가족이라면
더욱더

오히려
큰소리 치지
자식 앞에서
아내 앞에서

몰라

나도 몰라

왜 그런지

그냥

혼자서 울어

아무도 모르게

차 안에서

화장실에서

혼자 걷는

외로운

밤길에서

무슨 일이 있어도
아빠는 절대 울지 않아
남 앞에서

한 번쯤 나를 위해

내 나이 벌써 오십 중반

보고 싶은 영화가 있었다. 보기 전에 관람평을 살피려고 스마트폰을 열었다. 순간, 여느 날과 달리 관람평이 아니라 관람평 연령대가 눈에 들어왔다. 그런데, 50대까지밖에 없었다. 50대 이후는 그냥 50+로 표시되어 있었다. 궁금해서 한 온라인 서점 리뷰 연령대란을 살펴보았다. 여기는 그냥 50+도 아니고 50까지밖에 없었다. 다른 서점도 살펴보았는데 60대까지가 최고였다. 100세 시대라면서. 충격이었다.

보통 인생 계획을 세울 때 10년 단위로 60대까지 세우는데 이제 50대, 60대밖에 안 남은 것이다. 건강하게 뭔가 계획할 나이가 얼마 남지 않았다. 여태 의식하지 못했는데, 영화

관람평 연령대가 새삼스럽게 상기시켜주었다. 40대 때까지만
해도 반은 남아 있었는데. 40대, 50대, 60대. 허망했다. 이제
40대 전 계획은 세우고 싶어도 세울 수 없었다. 이러다 50대
마저 그냥 흘러가는 건 아닐까?

내 나이 벌써 오십 중반, 이제 살아온 날보다 살아갈 날이
짧아지기 시작했다. 고대 인도 브라만교는 인생을 4단계인 4
주기로 나누었다. 1단계인 학습기學習期에는 스승 밑에서 베다
성전을 학습하는 단계이다. 현대적으로 해석하면 학교 다니며
배우는 시기이다. 2단계는 가주기家住期로, 집에서 자녀를 낳
고 가정 내의 제식을 주재하는 시기이다. 학교를 졸업하고 사
회에 나가 돈을 벌고, 가정을 이루고 가족을 부양하는 단계이
다. 3단계인 임서기林棲期는 숲에 은둔해서 수행하는 시기이
다. 자식들 다 키우고 은퇴하고 제2의 인생을 시작하는 나이
이다. 4단계는 유랑기流浪期이다. 수행이 끝나고 일정한 거주
지 없이 걸식하며 돌아다니는 시기이다. 가정과 사회에 대한
책무를 마치고, 인생의 마무리를 준비하는 단계이다.

제2의 인생이 시작되기에
근본적인 질문을 던지자

40대든 50대든 퇴사나 은퇴 후에는 제2의 인생이 시작된다. 임서기처럼 숲에 은둔해서 수행할 수는 없지만 자신을 돌아보는 계기로 삼을 수는 있다. 이 시기에 스스로 근본적 질문을 던져야 한다.

'왜 사는가?'

'어떻게 살 것인가?'

'나는 누구인가?'

내면으로 침잠하여 걷어 올린 답이 삶의 목적이 된다. 삶의 목적에 따라 인생 계획을 세우고 나아가지만 실은 목적이 목적은 아니다. 지금까지 줄곧 '목적이 중요하니 목적을 가지라'고 해 놓고 이제 와서 딴소리한다고 할 수도 있다. 그러나목적의 역할은 목적 그 자체가 아니라 삶을 원하는 곳까지 끌고 가는 것, 그리고 그 과정을 풍요롭게 하는 것이다. 삶이란 목적이 아니라 그 목적을 향해 가는 하루하루로 이루어져 있기 때문이다. 그러니 하루하루 충실히 살았다면 풍요로운 삶을 산 것이다. 설사 목적을 이루지 못했다 하더라도 절망할 필요 없다. 하루하루 잘 살았으니 말이다. 그렇다고 목적이 없다면 '뭐 할까?' 하다가 순식간에 지나가는 게 인생이다.

나이에 상관없이
해보는 거다

도서관에서 책을 쓰고 있는데, 백발의 할아버지 한 분이 옆에 앉았다. 뭐 하시나 힐끗 봤더니 의외로 영어 공부를 하고 계셨다. 예전 같으면 이렇게 생각했을 것이다.

'지금 배우셔서 언제 써먹으려고 그러시나?'

그러나 지금은 안다. 꼭 써먹으려고 하시는 게 아니라는 것을. 지금 삶에 충실하고 계신 거다. 어영부영하다 후회할 일을 남기지 않고, 남은 생에 못다 한 하고 싶은 일을 하고 계신 거다. 혹 손주 숙제 대신해주는 거라면 내가 잘못 짚었지만. 그리고 보니 나의 어머니도 70대 중반에 영어 공부를 하고 계셨다.

이 세상을 다 준다면 당신과 바꿀 것인가? 그러니 당신은 이 세상보다 소중한 사람이다. 더 늦기 전에 자신의 인생을 살자. 자신의 소중한 인생을 하고 싶지도 않은 일만 하며 마칠 순 없지 않은가? 깨질 때 깨지더라도 한 번쯤 하고 싶은 일을 해봐야 인생의 마지막 날 돌아볼 때 후회 없지 않겠는가?

그냥 해보고 싶은 일을 한번 해보는 거다. 목적이 목적은 아니니 못 이룬들 어떠한가? 후회를 남기는 것보다 낫지 않겠는가? 메멘토 모리Memento Mori라고 했다. 죽음을 기억하라는 뜻이다. 죽음을 기억하는 순간, 못 할 일이 없다. 무슨 일이든 상관없다. 지금 이대로 좋은 게 아니라면, 자신이 하고 싶은 일이 있다면 이제 그 일을 한번 해보자. 한 번쯤 나를 위해.

어떻게 살아도 괜찮다. 내가 좋으면, 그게 좋은 거다.

일단 이혼 위기는 넘겼다

어느 날인가,
늘 하듯 편히 앉아 눈을 감고
기억을 버리려 기억을 떠올리던 순간
갑자기 마음이 먹먹해졌다.

"그래, 이혼해!"라고 했던
그때가 떠올랐기 때문이다.

때는 바야흐로 첫 번째 직장을 퇴사하고,
무책임한 가장이 된 듯한 죄책감과
부모님의 간곡한 권유로
두 번째 직장에 갓 입사한 때였다.

2박 3일 경력사원 연수를 갔다.

최고령 사원으로 많게는 열 살은 어린 동료들과

헐떡이며 으쌰으쌰 율동도 하고,

쑥스럽게 연극으로 조별 발표도 하며,

나름 먹고살려고 애쓰고 있었다.

그러던 중 둘째 날 밤인가,

공식 일정을 마치고 동기들과 술 한잔하고 있는데,

아내에게 전화가 왔다.

회사에서 연수 간 걸 알 텐데,

아직 연수가 끝나지 않은 걸 알 텐데,

전화하다니 무슨 큰일이 생겼나 싶어

걱정하며 전화를 받았다.

다짜고짜 불만을 털어놓기 시작했다.

시부모님 흉부터

내가 얼마나 힘든 줄 알기는 아느냐,

왜 신경도 안 써주냐,

나한테 관심이 있기는 있는 거냐,

대강 이런 내용이었던 것으로
어렴풋이 기억난다.
아내는 아직도
또렷이 기억하겠지만.

나도 폭발했다.
다니기 싫은 회사, 가족 생각해서
군대 간 셈 치고,
눈 딱 감고 최소 3년만 더 다녀보자 하고
열심히 애쓰고 있는데,
급한 일도 아닌데 회사에 전화해서
짜증이나 내고….

"너만 힘드냐, 나도 힘들다."
"그래, 이쯤에서 정리하자. 이혼해!"
지금까지 20년 가까운 결혼 생활 중
그때 딱 한 번 그 말을 뱉었다.

그땐 그만큼 힘들었다.

6년 반의 미국 생활 끝에

다시 한국 생활에 적응하랴,

낯선 직장 문화에 적응하랴,

솔직히 혼자 버티기도 버거웠다.

그래서 나 힘든 것만 생각했다.

내 생각과 감정에서 떨어져

떠오르는 생각과 감정을 지켜보니

그땐 보이지 않았던 아내의 심정이

내 마음처럼 온전히 보이기 시작했다.

그러니 마음이 먹먹해지지 않을 수 없었다.

오죽했으면 연수 중인 줄 알면서도 전화했을까.

아내도 얼마나 힘들었을까.

남편 하나 믿고 온 낯선 외국 땅에서

한국 며느리도 꺼리는 시부모님 모시고,

하소연이라도 할까,

오매불망 기다리는 남편은 회사 가서 오지 않고,

이제 막 돌 지난 아이는 온종일 보채고,

간신히 달래고 녹초가 되어 혼자 잠드는 심정.
많은 밤, 혼자 몰래 눈물을 훔치진 않았을까.

그때도 지금처럼
아무리 힘들어도, 오히려 힘들수록
나를 돌아볼 시간을 가졌더라면
상대방의 마음을 헤아려 "그래, 이혼해!"
이런 무책임한 말은 하지 않았을 텐데,
하는 생각이 든다.

그땐 다행히 부모님의 중재로
이혼 위기는 넘겼다.

이제 먹먹했던 그 기억마저도
놓아줄 때가 되었다.

퇴사가 고민이든, 아내가 고민이든
모두 잠든 밤이나, 아무도 깨지 않은 아침이나
하루 한 번쯤 자신을 돌아볼 시간을 갖는다면

인생이 한결 부드럽게 흘러가지 않을까.

나이가 들면 들수록
아내가 먼저 이혼 얘기를 꺼낼까,
노심초사 자꾸 눈치 보는 요즘이다.

여보, 미안해…

퇴사가 고민이든, 아내가 고민이든
모두 잠든 밤이나, 아무도 깨지 않은 아침이나
하루 한 번쯤 자신을 돌아볼 시간을 갖는다면
인생이 한결 부드럽게 흘러가지 않을까.

안전지대를 벗어나

고난이 닥쳐서야
비로소 문밖을 나섰다

당신 마음에 솔직해야 돼.

다른 사람이 어떻게 생각할지 걱정하지 말고,

당신 마음이 진정 원하는 대로 살겠다고, 약속해.

    말기 암으로 죽어가는 노인이 마지막으로 간병인에게 해준 말이었다. 이 노인은 죽음을 앞두고 자신의 마음이 이끄는 대로 살지 못하고, 다른 사람들이 기대하는 대로 살았던 것을 가장 많이 후회했다. 《내가 원하는 삶을 살았더라면》이란 책에 나오는 이야기이다. 수많은 임종 직전 환자들을 보살펴온

호스피스 간호사인 이 책의 저자는 말기 환자들이 죽기 전 가장 많이 후회하는 것은 자기 자신에게 솔직한 인생을 살지 않았던 것이었다고 한다. 대부분 그 누구도 아닌 나를 위해 하고 싶었던 것을 하지 못하고, 그럴 용기가 없었던 것을 후회했다. 한마디로 죽을 때 가장 많이 후회하는 것은 '다른 사람이 아닌 내가 원하는 삶을 살았더라면' 하는 것이다.

그냥 살았다. 꿈꾸지 않았다. 당장 먹고살기도 힘든 데, 꿈은 무슨 꿈 하며 안전지대를 벗어나려 하지 않았다. 안전지대가 편했기 때문이다. 고난에 닥쳐서야 비로소 문밖을 나섰다.

'당신이 인생에서 이루고자 하는 모든 것은 안전지대 밖에 있다.'

《어웨이크》의 저자 피터 홀린스의 말이다. 동굴 밖이 위험하다고 사냥하러 집을 나서지 않으면 나와 가족은 굶어 죽는다. 생계를 위해 비축한 양식이 다 떨어지면 그땐 어떻게 살 것인가? 집에 가족과 함께 있는 것이 가장 편하고 안전하지만 언젠가 집을 떠나 위험을 무릅쓰고 사냥을 나서야 한다. 그렇지 않으면 그 편안함을 언제까지 유지할지 장담할 수 없다. 사랑하는 가족을 위해서라도 길을 나서야 한다.

지금 삶이 마음에 안 드는가? 성장하고 싶다면 문을 박차고 집 밖을 나서자. 우리가 태어나 사는 이유는 경험하고, 배우고, 성장하기 위해서다. 성공도 경험이고 실패도 경험이다. 성공해도 배우고 성장하지만 실패해도 그 경험을 통해 무언가 배운다면 성장한다. 살다가 실수하거나 잘못하거나 실패하는 건 배워 성장하라는 의미이다. 사는 동안 완벽한 사람은 없다. 누구나 실수하고, 잘못하고, 실패한다. 살아오며 알게 모르게 저지른 실수나 잘못, 실패를 통해 배우고 성장하지 않으면 죄책감과 좌절감에서 헤어 나올 수 없다. 배우고 성장하여 나와 남을 이롭게 할 때, 비로소 나에게 일어난 일들을 통해 내가 해야 할 일들이 완성된다. 그제야 비로소 자신도 자유로워진다. 그러니 두려워 말고 문밖을 나서자.

당장 길을 나서자

문밖을 나서려면 자극이 필요하다. 심리학자 여키스와 도

슨의 실험에 의하면 자극이 너무 낮으면 행동하려는 의지도 약해 성과도 낮고, 자극이 너무 높으면 불안감이나 두려움이 커져 성과가 다시 낮아진다고 한다. 즉, 감당할 수 있을 정도의 적정 자극이 주어졌을 때 성과도 최대가 된다는 것이다. 그 지점이 바로 안전지대를 벗어나는 지점이다. 적정 자극이 주어졌을 때 우리는 안전지대를 벗어나 새로운 길을 나선다. 독서나 부딪혀 얻은 경험이 다 자극이 된다. 가만히 앉아 있으면 아무런 자극이 없다.

자신을 돌아보고, 독서와 경험을 통해 목적지가 정해졌다면 지금 당장 해야 할 한 가지가 있다. 실행이다. 한 걸음 내딛는 거다. 가야 할 목적지를 향해 오늘 한 발짝 떼는 것이다. 책 쓰기가 목표라면 오늘 당장 쓰는 거다. 한 줄만이라도 쓰는 거다. 그게 중요하다. 일단 쓰는 거. 일단, 쓰고 생각하는 거다. 다음에 어떻게 할지는.

이렇게 살든 저렇게 살든 우리는 삶의 종착역에서 만난다. 그때 부모님 때문에, 아이들 때문에, 아내와 남편 때문에 내가 살고 싶은 인생을 살지 못했다고 후회해봐야 소용없다. 누구 때문이 아니라 다 나 때문이기에 그렇다. 부모님이 뭐라 해도,

아이들이 어찌 됐든, 아내와 남편이 무슨 짓을 했든 이런 인생을 선택한 건 결국 '나' 자신이다. 이기적인 것 같아서, 나만 생각하는 것 같아서, 가족이(남들이) 기대하는 삶을 산 것도 바로 '나'이다. 내가 원하는 삶을 사는 것이 먼저다. 나를 사랑하는 것이 먼저다. 그래야 남을 위해 살 수 있고, 남도 나처럼 사랑할 수 있다. 가족 역시 마찬가지다.

안전지대를 벗어나 자신이 진정 원하는 삶을 살자. 《인생수업》의 저자 엘리자베스 퀴블러 로스도 말하지 않았던가. '생의 마지막 순간에 간절히 원하게 될 것, 그것을 지금하라'고. 그러려면 원하는 삶을 살기 위해 지금 당장 할 수 있는 한 가지를 바로 실행하자. 영화 〈매트릭스〉에 이런 대사가 나온다. '길을 아는 것과 길을 걷는 것은 다르다.'

당장 길을 나서자.

'길을 아는 것과 길을 걷는 것은 다르다.'
당장 길을 나서자.

지금, 행복하게 살아

저는 지금

그렇게 살고 있는데요!

어느 사업가가 멕시코의 작은 해변에서 휴가를 보내던 중한 멕시코 어부를 만났다. 그의 작은 배 안에는 갓 잡은 듯한 물고기 몇 마리가 있었다. 사업가는 그에게 왜 더 많은 물고기를 잡지 않느냐고 물었고, 어부는 이 정도면 가족을 먹여 살리고 친구들에게 나눠주기에도 충분하다고 답했다. 그러면 물고기를 더 잡지 않고, 남는 시간에는 뭘 하냐고 재차 물었다. 어부는 대답했다.

"늦잠 자고, 낚시 좀 하다가, 아이들과 놀아 주고, 아내와 낮잠을 자지요. 그리곤 저녁이 되면 친구들과 술 한잔하며, 기타를 치면서 놀아요. 살고 싶은 대로 살면서 나름 바쁘답니다."

그의 말을 들은 사업가는 안 됐다는 듯 자신이 도와주겠다고 하며 말했다.

"당신은 더 많은 시간을 투자하여 더 많은 물고기를 잡아야 해요. 그러면 더 많은 수입이 생기고, 그 돈으로 더 큰 배를 사고, 그러면 어획량이 늘어나 더 많은 배를 살 수 있고, 결국 어업 회사를 차릴 수 있게 될 거예요. 잡은 고기를 중간 상인에 넘기지 말고 소비자에게 직접 팔면 더 큰 부를 얻을 수 있고요. 그러면 당신은 이 조그만 마을을 떠나 멕시코 시티나 로스앤젤레스 그리고 뉴욕까지 사업을 확장할 수 있다고요!"

다 듣고 난 후 어부가 물었다.

"그렇게 하는 데 얼마나 걸리지요?"

"15년에서 25년 정도 걸리겠지요."

"그다음엔 어떻게 되나요?"

"사업을 키운 후 주식을 팔아 백만장자가 되는 겁니다!"

"그다음은요?"

"그다음엔 은퇴해서 한적한 해변 마을로 가 늦잠 자고, 낚시 좀 하다가, 아이들하고 놀아 주고, 아내하고 낮잠 자고, 저녁에는 친구들과 술 한잔하며, 기타 치고 노는 거지요."

멕시코 어부가 말했다.

"저는 지금 그렇게 살고 있는데요!"

좋아하는 일로
나와 남을 이롭게 하자

우리 인생이 이렇다. 가족과 행복하게 살려고 일하는데, 그 일 때문에 가족과 멀어진다. 주객이 전도된다. 알베르트 슈바이처는 말했다. '성공이 행복의 열쇠가 아니라, 행복이 성공의 열쇠다. 만약 당신이 지금 하고 있는 일을 사랑한다면 당신은 성공한 것이다.'《노는 만큼 성공한다》에서 김정운 교수는 또 이렇게 말했다. '사회적으로 성공했지만 불행한 사람들은, 연봉과 지위 같은 성공을 추구하다가 정작 자신에게 절대적으로 필요한 것에 주의집중 하는 능력을 상실한 사람들이다. 아내와 자녀의 급한 목소리는커녕 살려달라는 자기 자신의 목소리에조차 집중할 수 없는 상태에 이른 경우가 대부분이다. 결국 그들에게 성공은 죽음에 이르는 병이 될 뿐이다.'

지금은 경제적인 문제로 고민하지만, 경제적인 문제가 해결되면 고민이 사라질까? 행복해질까? 당장은 경제적인 문제를 해결하는 게 제일 중요하지만 경제적인 문제가 해결된다고 해서 근본적인 문제가 해결되는 건 아니다. 경제적인 문제가 해결되고 나면, 전부일 것 같던 돈이 전부가 아니라는 걸 알게 된다. 그때 또 다른 공허함이 밀려온다.

결국 자신의 인생을 살며, 타인을 이롭게 하고 나서야 그 공허함이 어느 정도 메워진다(깨달은 이들은 말한다. 그 공허함은 진짜 나와 분리된 이원성에 기인한다고). 자신의 인생에 만족해야 비로소 남도 돌아볼 수 있다. 남을 돌아보고, 남을 이롭게 하는 것이 결국 나를 이롭게 하는 것이다. 아담과 이브가 선악과를 따먹기 전에는 선과 악이 없었다. 나와 남이 없었다. 분별이 없었다. 우리는 '하나'였다. 결국 나뿐 아니라 남도 이롭게 해야 비로소 온전해진다.

나의 인생 모토는 '좋아하는 일로 나와 남을 이롭게' 하는 것이다. 좋아하는 일을 해야 인생이 만족스럽다. 나를 이롭게 해야 남도 이롭게 할 수 있다. 내가 좋아하는 일을 하면서 남도 이롭게 할 수 있다면 그보다 보람된 인생이 어디 있겠는가.

덜 벌어도 보람된 일을 하자. 그러면 더 벌지도 모른다.

언젠가 꽃필 날

앞으로 무슨 일이 일어날지
아무도 모른다

어린 시절, 동네 어귀에서 아이들과 딱지치기, 구슬치기하며 놀다 보면 시간 가는 줄 몰랐다. 해가 뉘엿뉘엿 지고, 아스라이 어둠이 깔리면 그제야 화들짝 밥때를 놓쳤음을 깨닫고 머리가 하얘졌다. 놀다 늦은 걸 알면 엄마한테 혼날 텐데…. 잔머리를 굴렸다. 대문으로 들어가면 늦게 온 걸 들키니, 쪽문으로 세 들어 사는 할머니, 할아버지 방으로 몰래 숨어들었다. "안녕하세요?" 인사하고, 아주 오래전부터 TV를 보고 있었던 것처럼 눌러앉아 TV를 바라만 보고 있었다. 그러면 할아버지가 다 안다는 듯 피식 웃으며 말했다. "저녁 안 먹었으면 여기서 먹고 가렴. 내가 여기서 먹었다고 말해줄게!" 아이고, 살았다.

어릴 적엔 게임 대신 밖에서 딱지치기, 구슬치기, 오징어 가이셴, 무궁화꽃이 피었습니다 같은 놀이를 하며 세상모르고 놀곤 했었다. 사십여 년이 지난 지금, 서울 변두리에서 나랑 내 친구들이 하던 놀이를 프랑스 파리와 미국 뉴욕에서 세계인이 즐기고 있다. 〈오징어 게임〉이라는 한국 드라마 덕분이다. 세상 참 오래 살고 볼 일이다. 이런 일이 벌어질 줄 누가 알았겠는가?

인생 길게 봐야 안다는 생각이 들었다.

〈세바시〉에 출연할 때, 나는 코로나로 망한 시점에 나갔다. 반면에 함께 나온 다른 사장님들은 대부분 코로나에도 잘 되는 시점에 출연했다. 그중 한 사장님은 신용불량자로 극단적인 생각까지 했지만 잘 이겨내고, 이 와중에 가게 하나 더 확장하고 책도 낼 예정이라고 했다. 시간을 거꾸로 돌려 몇 년 전에 출연했다면 나는 이 사장님처럼 가게 세 개까지 확장하고, 창업 책도 한 권 출간한 잘나가는 사장님으로 소개되었을 터이다. 거꾸로 지금 잘 나가는 이 사장님은 신용불량자로 대리운전까지 하루 18시간씩 일하며 배달하는 지금의 나처럼 인생 위기를 겪고 있을 터이고….

앞으로도 무슨 일이 일어날지는 아무도 모른다. 단지, 포기하지 않고 묵묵히 해야 할 일을 하다 보면 좋은 날이 올 것이다. 그런 희망으로 사는 거다. 신용불량자 시절, 이렇게 좋은 날이 올 줄 어떻게 알았겠는가. 포기하지 않고, 제 할 일을 했기에 온 거 아니겠는가.

나도 희망이 생겼다

온라인 커뮤니티에 사진 한 장이 올라왔다. 한 입 베어 문 햄과 먹다 남은 김치전, 그리고 맥주 한 캔. 제목은 '빚 다 갚고 처음으로 먹는 술상입니다'였다. 글쓴이는 '지금은 돌아가신 어머니 병원비로 8천만 원 빌렸던 거 방금 마지막 잔금을 입금하고 집에 오는 길에 사 왔다'고 했다. '2년 동안 스팸이 얼마나 먹고 싶던지… 김치전은 6천 원 주고 사 온 것'이라며 누군가에겐 초라한 술상이겠지만 지금 이 술상이 자신한테는 제일 값지고 귀하다고 말했다. 그는 죽을 마음을 먹고 극단적 선택도 세 번이나 했다고 한다. 하루 4시간씩 자면서 대리운전과 식당 아르바이트, 막노동 등의 일을 해서 쉬는 날도 없이 2년 좀 넘게 걸려 빚을 다 갚았다고 했다.

그러면서 그는 마지막으로 "힘들고 지쳐도 언젠가는 해 뜰 날이 오더라. 이 글을 읽는 당신도 좋은 일만 있기를 기도하겠다."라고 전했다. 그도 힘들 당시에 자신에게 이런 날이 올 줄 상상이나 했겠는가? 극단적 선택을 할 정도로 힘든 시절, 그래도 결국 살아서 포기하지 않고 4시간만 자고 일하며 제 할 일을 했기에 좋은 날이 온 거 아니겠는가. 인생 역시 길게 두고 볼 일이다.

그를 보고 나도 희망이 생겼다. 나도 어서 극복하고, 나처럼 힘들어하는 사람들에게 희망을 줘야지 하는 또 다른 희망이 생겼다. 지금 이 시점에서 보면 나는 인생 위기를 겪고 있다. 그러나 인생을 길게 보면 업 앤 다운이 있다. 내려가면 올라간다. 힘들지만 희망을 잃지 않고 제 할 일 하다 보면 언젠가 꽃은 핀다. 인동초라는 꽃이 있다. 모진 겨울에도 참고 견뎌 죽지 않고 살아남아 마침내 꽃을 피우는. 그래서 꽃말이 '헌신적인 사랑' '아버지의 사랑'이라고 한다.

나는 아버지다.

인동초처럼 추위도 견디고, 힘들어도 견디다 보면 언젠가 꽃필 날 오지 않겠는가.

오늘도 힘내야지

낯선 땅에서 힘겨운 일을
견디는 힘의 근원

내가 사는 안산에는 외국인 근로자가 많다. 둘째 아들의 친한 친구도 네팔 출신이다. 외국인 아내 비자 때문에 외국인 출입국 사무소에 가거나 우체국 같은 곳에 가면 종종 한국말이 서툰 외국인을 만난다. 그러면 멀리서 보다가 내 일 제쳐두고 달려가 도와준다. 아내가 외국인이기도 하고, 미국에 살 때 비슷한 상황에서 현지인의 도움이 고마웠던 기억 때문이기도 하다.

어느 날 우연히 유튜브에서 외국인 근로자 아빠 영상을 보게 되었다. 가족을 위해 한국에서 일하느라 5살 아들을 한 번도 본 적이 없는 방글라데시 아빠에 관한 사연이었다. 돈 벌러 한국으로 떠난 지 10일 후에 태어나는 바람에 5살이 될 때까지 아빠가 아들을 한 번도 본 적이 없다고 했다. 돈을 모으기 위해 아빠는 공장에서 밤 9시부터 아침 9시까지 밤샘 야간작업을 했다. 아직은 어색한 한국어로 그 아빠가 말했다.

"밤에 일하면 돈 많이 받아요. 돈을 많이 벌어야 아이들 공부도 시키고, 새집도 지을 수 있어요. 돈 많이 벌면 가족들 빨리 만날 수 있어요."

가족들 빨리 만날 수 있다는 말에 애절한 그리움이 묻어났다. 다행히 제작진의 도움으로 가족을 만날 수 있게 되었다. 사진으로만 아빠를 본 둘째는 아빠 만나면 뭐 할 거냐는 엄마 질문에 "뽀뽀 천 번 해줄 거야."라고 했다. 놀 때도 아빠 사진을 가지고 놀던 둘째는 아빠 품에 안기는 게 소원이었다. 아빠 또한 사진으로만 본 둘째가 너무 보고 싶다고 했다. 얼마나 컸는지, 무슨 말을 하는지…. 그리고 드디어 부자가 만났다. 만나는 순간 아빠가 "내 아들!" 하며 확 끌어안고, 볼을 비비며 흐느끼는데, 나도 울컥했다. 나도 그 마음 알 것 같아서.

아이들이 어릴 때, 아내가 아이들을 데리고 일본에 가면 한 달 정도 머물다 오곤 했다. 돌아오는 날이면 공항에서 오매불망 기다렸다. 한참 만에 게이트 문이 열리면 꼬마 녀석 둘이 두리번두리번 아빠를 찾았다. 그러다 두 팔 벌려 기다리고 있던 나를 발견하면 "아빠!" 하며 해맑게 웃으며 넘어질 듯 달려와 안겼다. 그런 아이들을 차례로 번쩍 들어 올리고, 끌어안고, 볼을 비빌 때의 그 행복감이란! 한 달 만에 본 나도 그랬는데, 5년 만에 난생처음 아들을 품에 안아 본 방글라데시 아빠 마음은 오죽했을까.

세상 아빠 마음은 다 똑같구나 싶었다. 언어도 국적도 사는 방식도 다 달라도 아빠 마음은 하나였다. 가족을 지키고자 하는 마음. 가족이 보고 싶어도, 힘들어도 나 하나 고생해서 가족이 편해질 수 있다면 힘든 일도 마다하지 않는다. 네팔에서 온 아빠도 우즈베키스탄에서 온 아빠도 그랬다. 가족 얘기만 나오면 눈물을 글썽였지만 고국에 두고 온 가족 생각하며 낯선 땅에서 홀로 외롭게 힘든 일을 견뎠다.

예나 지금이나 시대는 달라도 아빠 마음은 역시 같았다. 예전 한국 아빠도 지금 한국의 외국인 근로자처럼 외국으로 돈 벌러 갔었다. 어린 시절 가장 친한 동네 친구 아빠도 사우

디아라비아로 오일 달러를 벌러 갔었다. 한 번 가면 몇 년씩 오지 않았다. 어쩌다 고국에 올 때면 두 손 한가득 가족 선물을 사 가지고 왔었다. 그때마다 친구는 아빠가 사준 선물을 자랑하며 좋아했다. 그 당시 우리 또래인 방글라데시 아빠 첫째 아들도 그랬다. 아빠가 한국에서 번 돈으로 사준 자전거를 닦고 또 닦았다.

아빠, 이런 사람이야!

가족에게 늘 미안한 마음도 똑같지 않을까 싶었다. 다른 아빠처럼 가족이 원하는 거 먹고 싶은 거 다 사주고 싶은데 그러지 못하면. 공항에서 아빠 품에 달려와 안기던 그 예쁜 아들이 커서 머리가 굵어지니 이런 말을 했다.

"아빠도 남들처럼 주식이나 부동산 같은 거 좀 해!"

말인즉슨, '우리 집도 부자였으면 좋겠어. 그러면 돈 걱정 안 하잖아.'였다. 한때 잘 벌다 코로나로 못 벌 때는 이 말이 더 묵직하게 꽂혔다. 처음으로 아이에게 부자 아빠가 아니라 미안했다. 아이에게 돈 걱정하게 해서…. 우연히 둘째 아들 지갑 속 내 명함을 볼 때도 그랬다. 가족사진 뒤에 종이 끄트머리가 튀어나와 있어 꺼내 보니 어디서 찾았는지 내가 오래전 대기업 다닐 때 쓰던 명함이었다.

마음이 아렸다. 아빠로서 아들에게 너무 많이 미안했다. 아들에게 자랑할 기회를 빼앗은 것 같아서…. 나는 비로소 초월했지만 아이들은 한참 부자 아빠, 대기업 다니는 아빠를 자랑하고 싶어 하는 나이 아닌가? 돈 못 버는 아빠, 배달 다니는 아빠가 부끄럽진 않을까. 나야 괜찮다지만, 아빠로서는 그게 못내 걸렸다. 몹시도 미안했다. 그래서 때론 아빠들이 무모한 일도 벌린다. 빨리 돈 벌어서 가족한테 '아빠, 이런 사람이야! 원하는 거 다 말해 봐.' 하고 싶어서.

해주고 싶은 거 다 해주지 못해서 미안하다. 그래도 세상 모든 아빠처럼 아빠가 할 수 있는 건 다 해볼 거다. 자랑스러운 아빠가 될 수 있도록, 최소한 부끄럽지 않은 가장이 될 수 있도록, 오늘도 힘내야지!

자랑스러운 아빠가 될 수 있도록,
최소한 부끄럽지 않은 가장이 될 수 있도록,
오늘도 힘내야지!

아빠는 오늘도 달린다

루저가 아니다,
실패가 아니다,
나는 그냥 오늘도 열심히 달려가는
대한민국의 가장, 아빠일 뿐이다!

나는 배달맨 아빠입니다

사람이 보였다

나는 어쩌다 장사맨에서 배달맨까지 되었다. 처음엔 내 가게 배달부터 했다. 코로나 영업제한으로 살아남기 위해 배달을 시작했는데, 배달 비용이 장난이 아니었다. 보통 장사하면 마진을 30% 정도 본다. 요즘엔 30%도 안 되는 가게들이 허다하다. 그런데 플랫폼 운영사와 배달기사 수수료, 포장 용깃 값을 빼고 나면 정말 남는 게 없다. 다 마진에서 까이기 때문이다. 차·포 떼고 두는 장기 같다. 차·포 떼고 장기 두면 이길 수 있겠는가. 살아남을 수 있겠는가. 그래서 내가 직접 배달하기 시작했다. 배달기사 수수료라도 아끼려고. 그러다가

영업제한이 길어지며 적자 폭이 커지길래 남의 가게 배달도 시작했다. 배달맨이 된 것이다.

난 배달 3자 입장을 다 경험했다. 시키는 자, 만드는 자, 배달하는 자. 손님 입장에서는 주문하고 배달이 늦게 오면 짜증이 난다. 배달기사의 실시간 위치를 확인하니 헤매고 있다. 그래도 난 이해하련다. 주소 못 찾아 쩔쩔매는 배달기사 얼굴이 눈에 아른거리니까. 가게에서 조리가 지연되어 배달이 조금 늦더라도 이해하련다. 땀 뻘뻘 흘려가며 준비하는 주인 얼굴이 눈에 선하니까. 그게 바로 나니까. 배달기사 입장에서는 조리가 늦어 늦은 건데, 늦었다고 손님이 뭐라 해도 '욱'하지 않는다. 배고픈데 한참 기다리다 식은 음식 먹는 손님 기분도 이해하니까. 픽업 갔는데, 음식 준비가 안 돼 있어도 말없이 기다린다. 다급한 주인 심정 나도 아니까. 그게 바로 나니까. 가게 주인 입장에서는 음식 다 만들어 놨는데 배달 기사 안 오면 똥줄이 탄다. 그래도 이해하련다. 배달기사도 똥줄 타서 열심히 달려오고 있다는 걸 이제는 아니까. 손님이 배달비가 왜 이렇게 비싸냐고 컴플레인해도 이해하련다. 내가 생각해도 그러니까. 나도 그랬으니까. 그게 바로 나니까.

배달맨이 되어 배달 3자 입장을 다 경험하고 배운 게 있다. 사람이다. 사람이 보였다. 그동안은 시스템만 보였다. 배달앱에 접속하여 주문하면 점 하나가 움직이고 음식이 배달되는 시스템. 비로소 그 안에 사람이 있다는 걸 알아차렸다. 점이 아니다. 사람이다. 때리면 아픈. 그게 바로 나였다. 그리고 당신일지 모른다. 나의 남편일 지도, 나의 아빠일 지도 모른다.

여전히 꿈꾸는
세상의 모든 아빠를 위해

얼마 전 물류창고에서 물건을 분류하던 중년 아빠가 핑크

난 인원 몫까지 채우며 쉴 틈 없이 일하다 그 자리에서 하늘로 간 일이 있었다. 우리는 모두 누군가를 위해 열심히 달려가는 아빠이지만, 때로는 '나'라는 소중한 한 사람을 먼저 챙기기 위해서도 노력해보길 바란다. 이 책은 아직도 여전히 꿈꾸는 세상의 모든 아빠를 위해 쓰였다. 힘든 시기에 대리운전, 배달맨, 택배⋯ 또 생각지도 못한 직업 전선에 뛰어들어 열심히 달리는 아빠들. 그러나 여전히 가슴에 뜨거운 것 하나 심고 살아가는 사람들. 지치지 말자. 포기하지 말자. 그러면 우리의 때가 올 것이다.

아빠가 지칠 때 힘이 되는 한마디

코로나 시기에 수많은 자영업자들, 그 속에서도 가족의 생계를 책임지는 대한민국의 수많은 아빠들의 마음이 고스란히 느껴지네요. 저는 맞벌이 주부이기는 합니다만, 아이 하나 키우는 데도 돈이 많이 들어가고 대출에, 다달이 들어가는 고정비용들에… 어깨가 무거울 텐데 겉으론 건실하게 직장을 다니고 있는 저희 남편이 많이 생각났어요. 가슴이 아프고, 또 아파옵니다. 대한민국 아빠들, 모두 파이팅입니다!

_ 레오○○스

저도 15년째 식당 운영하는데 코로나 초창기 때 너무 힘들어서 직원들 퇴근시키고 새벽에 주방에서 많이 울었습니다. 지금은 버티니까 조금 숨통이 트이네요.

_ 이○구

세상에 쉬운 일은 하나도 없지만 끊임없는 노력은 언젠간 빛을 볼 수 있게 해주는 것 같아요. 특히나 그 어려운 시간을 버티게 해주는 존재가 있다는 게… 그 중요성을 다시 한번 깨닫게 됐어요. 모든 분야에서 성공하신 분들은 각자의 특별한 능력도 있겠지만 책임감과 노력은 모두 필수로 가지고 있는 것 같아요. 우리 모두 힘내서 힘든 시기 이겨나갈 수 있었으면 좋겠네요. 희망을 잃지 맙시다!!

_ 자두○○엉

코로나로 많은 분들이 같은 고통을 받고 있는 것 같아 마음이 아프네요. 희망이 오라고 버티는 게 아니라 희망에 다가가기 위해 매일 노력해야 하는 삶인 것 같아요.

_ kim○○○thew

저도 요즘 인생의 바닥을 찍고 있는데 언젠가는 올라가겠지 생각하며 힘내고 있습니다. 모든 자영업자분들, 함께 힘냅시다.

_ 인○명

아빠와 시계는 계속 움직인다… 진짜 너무 먹먹한 말입니다. 버티고 버티면 모두의 삶에도 좋은 날이 오겠죠? 너무 멋진 아버지… 가족들에게 원하는 거 사주실 수 있는 날이 오는 날까지 응원하겠습니다.

_ Fun○○y

작년 저에게 닥친 상황과 지금 상황이 너무나도 공감되어 펑펑 울었습니다. 힘내어 더 열심히 살아야겠습니다. 모든 자영업자분들 화이팅입니다!!

_ Sun○○○○m

오늘 저도 저조한 매출에 우울감이 치솟아 올랐는데 동지애를 느끼며 위안받아갑니다. 전 요식업은 아니지만 모든 소상공인들 힘들다는 거, 같은 처지인지라 너무 잘 알아요.
이 위기 버텨내면 우리들의 밝은 전성기가 올 거라 믿어봐요. 화이팅 우리들!!!

_ Beauti○○○○○fe

남편 어깨의 무게가 느껴집니다. 많은 생각이 듭니다. 힘내세요.

_ 배○우

자녀분이 쓴 시가 정말 울컥해요. 가족의 힘이란 얼마나 큰 것인지 다시 깨닫게 되었네요. 저도 아버지께 더 잘해야겠습니다. 되든 안 되든 희망 하나 믿고 버티겠습니다.

_ 온온

매일 출근, 똑같은 일, 인간관계에 지쳐있는 요즘. 저는 사실 하고 싶은 일은 따로 있는데 가족을 실망시키는 게 두려워서 잠시 그 일은 살짝 미뤄뒀지만 저도 용기를 내보고 싶네요.

_ 합기○○판

오늘 월말을 보내며 헛헛한 마음에 퇴근했습니다. 집에 곤히 자고 있는 세 아들을 보니 다시 힘이 납니다. 그래요! 어떻게든 버티다 보면 기회가 올 것이고 그때를 위해 준비해야겠습니다.

모든 아빠 엄마 화이팅입니다^^

_ 김○식

끝없는 절망이 이어질 것 같지만, 언젠가는 자신의 시간이 오곤 하던 거 같습니다. 오늘은 참혹하고 내일은 더욱 참혹할 것이지만, 모레는 매우 아름다울 것입니다. 진심으로 응원합니다. 버티고 또 버티셔서 꼭 가족들을 마음껏 행복하게 해줄 수 있는 영광의 시간을 맞이하시길 기대합니다.

_ R

살다 보면 별별 일이 다 생기는 거 같아요. 그래도 살다 보면 살아지더라고요. 가끔 무너지기도 하지만. 이제는 무너져본 일을 경험 삼아서 다시 일어서는 열쇠들을 많이 가지게 되었지요. 그럼에도 가끔 너무너무 힘들 때 어느 시의 구절을 생각해요. '왜 사냐건 웃지요.' 그러면 한바탕 웃고 다시 나아갈 수 있더라고요. 다들 힘든 시기에 힘내시길 바랍니다. 모두 행복하세요.

_ sk○○sk

저도 자영업을 올해 시작하여 참 괴롭고 고통스러운 시간을 보내고 있네요. 여러 가지 좋은 말, 위로의 말을 찾아보기도 하고 음악으로 마음을 달래보기도 했네요. 길이 안 보인다고 길이 없는 건 아니라는 말. 열심히 길을 찾아 최선을 다하려 하고 있습니다. 힘내서 열심히 살아봐야죠. 끝이 어찌 될지는 아무도 모르는 일이라고 생각되네요. 파이팅합시다!

_ 이○훈

치킨 가게 하시다가 보증금 한 푼 못 받고 접어야 했던 친정 오빠 생각도 나고, 가장의 무게를 견디며 열심히 일하고 있는 남편 생각도 유독 나는 날입니다.

_ 가을○○

친오빠가 창업한 후에 곧바로 코로나가 터졌어요. 인테리어하면서 설레는지 새벽마다 가게 기웃거리다가 들어오고, 개업 전날에는 할머니까지 모셔와서 케이크에 촛불도 꽂고 그랬는데⋯. 세상일이 마음 같지 않네요. 말로 표현하기 어렵고 조심스러워서 마음으로만 건넸던 응원을, 이제 오빠한테 얘기해줄 수 있을 것 같아요. 오빠가 살아있는 한 기적은 찾아오고, 절망의 문턱에서도 꽃이 필 거라고!

_ 연○롱

울고 싶을 때는 울어도 돼요… 그래도 돼요.

_ 개9장○

항상 생각했거든요. 포기하지 말라는 말보다 무책임한 말은 없다고요. 그냥 받아들이는 것. '그래, 내가 안 될 수도 있지. 그래, 그럴 수도 있지. 괜찮아.' 안 되는 것을 내려놓고 받아들이는 것, 얼마나 멋진 용기인가요. 내려놓는다는 것이 포기가 아닌, 다시금 의욕을 갖게 하는, 내 인생의 훌륭한 디딤판이 될지 누가 알겠어요.

_ 세○○왕

오래전 일이지만 모든 전 재산과 전세 자금, 또 지인한테 돈을 빌려 모아 사업을 시작했는데 몇 달 지나지 않아 IMF가 왔습니다. 회생이라는 말도 떠올리기조차 힘들었던 시절, 저도 부업이란 부업은 뭐든 해보았던 때가 있었습니다. 완성품 하나에 몇 원이 고작이었지만, 어린 두 아이들의 빛나는 눈망울을 바라보며

'희망'을 꿈꾸며 최선을 다해 살았습니다. 돈에 울고 돈에 웃는 세상이 어떤 것인지 절절히 느끼며, 어두웠던 긴 터널을 빠져나오기까지 오랜 시간이 걸렸습니다. 그러나, 그렇게 열심히 하루하루 살다 보니 어느새 아이들은 훌쩍 커 있었고 '희망'은 현실이 되어 내 곁에 다가와 환한 미소와 함께 '행복'이라는 두 글자를 선물해주고 있습니다.

_ 김○순

경제적으로 힘들다 보니 인간관계에서도 을이 되었고, 마음이 괴로울 때마다 엄마 생각하며 버텼는데요. 살아보니까 점점 희망이 보이는 것 같아요. 삶이 공평하진 않아도, 누구에게나 기회는 온다고 생각해요. 힘들어도 살아있으면 다시 찾아올 기회를 위해 이 순간을 열심히 살겠습니다.

_ 산○○정

"아빠가 다 사줄게." 이 말에 눈물이 핑 돌았어요. 그냥… 우리 아빠가 생각나네요. 어릴 적 여름방학 때 바닷가로 가족여행을 갔었거든요. 엄청 멋있는 보이는 하얀색 건물의 음식점에 들어갔는데, 메뉴판을 펼쳐보던 아빠의 얼굴이 사색이 되는 거예요.

어린 제 눈에도 가격표에 왜 이리 0이 많던지. 한참을 메뉴판 보며 망설이니 직원분이 와서 "손님, 주문하지 않으시면 나가셔야 합니다." 하더라고요. 순간 엄마가 "다음번에 다시 오겠습니다." 하고 아빠와 저를 일으켜 나갔어요. 그날 정확히 어느 곳으로 여행을 갔는지, 무얼 먹었는지 잘 기억이 안 나는데 오로지 아빠와 엄마가 메뉴판을 보며 당황했던 그 장면은 뚜렷하게 기억나요. 얼마나 말하고 싶었을까요.

"먹고 싶은 거 다 시켜. 아빠가 다 사줄게."

우리 엄마 아빠가 열심히 안 산 것도 아닌데… 나 때문에 그런가 보다 싶기도 하고… 하지만 콘크리트 틈새에도 꽃이 핀대요! 가족이 있기에 가능한 뜨거운 생존력으로 모든 것을 다 해낼 거라 믿습니다.

_ 촉촉○○○칩

나는 배달맨 아빠입니다

초판 1쇄 인쇄 _ 2025년 2월 10일
초판 1쇄 발행 _ 2025년 2월 20일

지은이 _김도현

펴낸곳 _ 바이북스
펴낸이 _ 윤옥초
책임 편집 _ 김태윤
책임 디자인 _ 이민영
책임 영상 _ 고은찬

ISBN _ 979-11-5877-388-5 03810

등록 _ 2005. 7. 12 | 제 313-2005-000148호

서울시 영등포구 선유로49길 23 아이에스비즈타워2차 1005호
편집 02)333-0812 | 마케팅 02)333-9918 | 팩스 02)333-9960
이메일 bybooks85@gmail.com
블로그 https://blog.naver.com/bybooks85